Ce cours a été rédigé par :

Mme VRAIN,

Professeur d'histoire-géographie

LE MOT DU DIRECTEUR PÉDAGOGIQUE

Cher(e) élève,

Votre entrée au lycée est un moment crucial. Vous y découvrez un autre univers, de nouvelles disciplines, de nouveaux enjeux. Vous apprenez également que chaque discipline comporte une méthodologie particulière, sans l'acquisition de laquelle l'obtention de bons résultats devient mission impossible.

Cette exigence d'assimilation rapide de la méthodologie est d'autant plus rude que les enseignants ont un programme chargé. Cette contrainte de temps les conduit à devoir accorder un temps très bref aux explications de la méthodologie des épreuves obligatoires ; certains élèves décrochent s'ils ne parviennent pas à temps à comprendre ce que l'on attend d'eux.

La réforme du baccalauréat, pilotée par le ministre de l'Éducation nationale Jean-Michel Blanquer, introduit de nouvelles disciplines, de nouvelles épreuves, de nouveaux défis. En bousculant les habitudes, une telle réforme provoque des incertitudes : les élèves doivent prendre le train en marche pour obtenir de bons résultats ; vos enseignants sont tenus de s'adapter rapidement aux nouveaux programmes ; quant à vos parents, ils s'inquiètent, à raison, que vous réussissiez et que vous vous épanouissiez.

Conscients de ces difficultés et de l'importance des enjeux, les enseignants des Cours Legendre se sont donné pour mission de lever les ambiguïtés, les doutes et les appréhensions. Ils ont pris le temps nécessaire de décortiquer les épreuves, de vous en exposer les principes, de vous en dévoiler les mécanismes : en d'autres termes, vous en apprendre tous les secrets pour votre réussite.

Réussir : c'est bien là le maître-mot des Cours Legendre. Notre vocation, c'est de vous permettre de vous épanouir tout au long de votre scolarité, en vous apportant les éclairages indispensables pour obtenir les résultats que vous méritez. L'augmentation de vos résultats est la clé de votre confiance. Nous en avons conscience. Soyez assuré(e) que nous sommes à votre service pour vous soutenir et vous permettre d'atteindre vos objectifs, convaincus qu'ils seront atteints, grâce à vos propres efforts.

Toute l'équipe des Cours Legendre se joint à moi pour vous souhaiter réussite et bonheur !

Le Directeur Pédagogique – Cours Legendre

LE MOT DU PROFESSEUR

Cher(e) élève,

À l'entrée au lycée, le programme en histoire-géographie de la classe de seconde enrichit les connaissances disciplinaires, consolide et développe la maîtrise des compétences et des méthodes acquises au collège. Étoffées et approfondies, ces connaissances et ces compétences viendront alimenter votre réflexion, votre capacité d'analyse, votre curiosité et vos questionnements de jeune lycéen afin de développer votre autonomie.

En seconde, en histoire, le programme s'étale de la Grèce antique jusqu'à la Révolution française afin de répondre au triple objectif : consolider les acquis de la scolarité obligatoire, nourrir votre culture générale et étudier la formation du monde moderne.

Les cours qui suivent vous permettront de répondre à ce triple objectif. Ils sont agrémentés d'une méthodologie qui vous donnera l'occasion de répondre aux défis que sont la dissertation et l'étude critique de documents au baccalauréat. La nouvelle épreuve du Grand oral est présentée à part, dans un volume spécifique Cours Legendre, afin de vous aider à affronter cette nouvelle forme d'interrogation dans le cadre de la dernière réforme du programme d'histoire-géographie.

Les cours vous aideront à vous repérer chronologiquement afin que vous soyez définitivement capable de conduire une réflexion sur la périodisation en histoire. Vous êtes censé(e) avoir acquis certaines connaissances déjà vues au collège, traitées différemment à travers des dynamiques politiques, culturelles, économiques et sociales — nourries par l'accroissement de la circulation des hommes, des biens, des capitaux, des connaissances et des idées ainsi que par le progrès scientifique et technique — qui sont à la base de la formation du monde contemporain.

L'ambition de ce volume est d'avoir tiré du programme d'histoire-géographie l'essentiel afin de vous permettre de développer au-delà des connaissances une réflexion approfondie, dépassant les évidences, pour vous aider à opérer des choix raisonnés.

Enfin, en histoire, des « points de passage » vous sont proposés pour développer des cas précis d'études des thèmes abordés. Ils vous permettront d'améliorer vos connaissances sur des sujets détaillés à l'aide de séries de questions auxquelles il vous faudra répondre.

En géographie, le programme aborde les grands équilibres et les défis d'un monde en transition et met en évidence les interactions entre les acteurs, les sociétés et leurs environnements. Cette transition prolonge l'étude du développement durable particulièrement mis en valeur dans l'ancien programme.

Il vous faudra être capable de répondre à des questions telles que : Où ? Quels acteurs ? Comment ? Pourquoi ici et pas ailleurs ? – pour décrire et expliquer le fonctionnement des territoires à différentes échelles à travers le croquis, la composition et l'analyse critique de documents dont vous trouverez aussi la méthodologie dans ce volume. Des études de cas vous sont proposées, avec des questions à la clef comme le programme le suggère, ainsi qu'un cours spécifique sur la France obligatoirement à part.

Bon courage !

Cécile Vrain

Professeur d'histoire et de géographie - Cours Legendre

PROGRAMME D'ENTRAÎNEMENT

Ce programme d'entraînement a pour vocation de **vous accompagner pendant toute votre année de seconde**, avec comme grand **objectif de commencer à vous préparer pour réussir haut la main l'épreuve d'histoire et géographie du baccalauréat**.

Ce manuel se compose de cinq séries : la première fait un focus sur la méthodologie ; les 4 suivantes constituent un vade-mecum complet couvrant la période de l'Antiquité jusqu'au XVIIIe siècle.

Ce programme est composé de trois dossiers.

1) **Un bilan-test à passer avant de commencer son programme d'entraînement** pour repérer les éventuelles difficultés et mieux orienter ses efforts.
2) **Le cours** composé de **5 séries de travail** avec des **leçons** et des **exercices d'application**.
3) **Le corrigé des exercices.** Ce sont les corrigés des exercices d'application du cours.

1. Méthodologie – Série 1

La première partie vous propose une méthodologie des épreuves du bac. Ainsi, **la première leçon** doit vous former à la dissertation, **la deuxième leçon** à l'analyse d'un pamphlet, d'un témoignage et d'un article de presse, **la troisième leçon** traitera du dossier documentaire et **la quatrième leçon** abordera le croquis et le schéma en géographie.

2. Le cours – Séries 2, 3, 4, 5

La deuxième partie présente les différentes leçons que vous devez maîtriser. Ainsi, **la deuxième série** vous permettra de réviser les empreintes de l'Antiquité et du Moyen Âge dans le monde méditerranéen, **la troisième série** traite du nouveau rapport au monde au XVe et au XVIe siècle, **la quatrième série** porte sur l'État à l'époque moderne en France et en Angleterre, tandis que **la cinquième série** récapitule les dynamiques et les ruptures dans les sociétés des XVIIe et XVIIIe siècles.

3. Exercices pour toutes les séries

Vous trouverez des études de cas, des analyses de documents, des points de passage ainsi que des exercices d'application permettant de vous entraîner et de vérifier vos connaissances.

BILAN TEST

Les questions suivantes ont pour but de vous permettre d'évaluer vos connaissances avant de commencer le cours.

Questions : Réponses :

Questions	Réponses
1) À Athènes, le métèque était :	❒ **a.** citoyen de la cité ❒ **b.** considéré comme étranger libre ❒ **c.** exclu du droit de propriété
2) Périclès fut :	❒ **a.** stratège à Athènes ❒ **b.** l'initiateur de la construction du Parthénon ❒ **c.** assassiné sur l'ordre d'Alexandre le Grand
3) Qui fut le premier empereur romain chrétien ?	❒ **a.** Constantin ❒ **b.** Théodose ❒ **c.** Néron
4) Érasme, célèbre humaniste, est l'auteur de :	❒ **a.** *Le prince* ❒ **b.** *Gargantua* ❒ **c.** *L'éloge de la folie*
5) Sous l'Ancien régime, la société française comptait deux ordres privilégiés qui ne payaient pas d'impôts.	❒ **a.** la bourgeoisie ❒ **b.** la noblesse ❒ **c.** le clergé
6) La déchéance de Louis XVI se situe le :	❒ **a.** 14 juillet 1789 ❒ **b.** 10 août 1792 ❒ **c.** 21 septembre 1792
7) La monarchie constitutionnelle :	❒ **a.** limite les pouvoirs du Roi ❒ **b.** augmente les pouvoirs du Roi ❒ **c.** donne plus d'importance aux représentants du peuple
8) Qu'est-ce que la République des Lettres ?	❒ **a.** synonyme de l'Angleterre au XVIe siècle ❒ **b.** réseau européen de lettrés et de savants ❒ **c.** mise en place du premier réseau postal

9) L'accroissement naturel est :	❒ **a.** la différence entre le taux de natalité et le taux de mortalité ❒ **b.** la somme du taux de natalité et le taux de mortalité ❒ **c.** la différence entre le taux de croissance et le taux de décroissance
10) Pour rédiger une composition d'histoire dont le sujet est de type évolution, vous utilisez :	❒ **a.** un plan thématique ❒ **b.** un plan chronologique ❒ **c.** un plan analytique (causes, aspects, conséquences)
11) Une échelle de 1/1000 000e signifie que :	❒ **a.** 1 centimètre sur la carte représente 1 000 000 de centimètres sur le terrain ❒ **b.** 1 mètre sur la carte représente 1 000 000 de mètres sur le terrain ❒ **c.** 1 km sur la carte représente 1 000 000 de kilomètres sur le terrain
12) La densité de population d'un État est :	❒ **a.** le nombre d'habitants de cet État ❒ **b.** l'accroissement de la population de cet État pendant une année ❒ **c.** le nombre d'habitants au kilomètre carré
13) Une agriculture vivrière produit :	❒ **a.** pour vendre à l'extérieur ❒ **b.** pour la consommation des paysans et de leur famille ❒ **c.** pour nourrir le bétail
14) Sur un croquis, vous représentez une ville par :	❒ **a.** un figuré linéaire ❒ **b.** un figuré de surface ❒ **c.** un figuré ponctuel
15) Sur un croquis, vous représentez une migration de population par :	❒ **a.** un point ❒ **b.** une flèche ❒ **c.** un carré
16) Émigrer signifie :	❒ **a.** quitter son pays pour s'établir dans un autre ❒ **b.** quitter sa ville pour s'établir dans une autre ❒ **c.** quitter sa région pour s'établir dans une autre

17) Immigrer signifie :	❒ **a.** s'installer dans un pays où l'on n'est pas né ❒ **b.** s'installer dans un pays voisin de celui où l'on habitait avant ❒ **c.** s'installer dans une autre région de son pays pour vivre sa retraite
18) I.D.H. signifie :	❒ **a.** immigration des hommes ❒ **b.** indicateur de développement humain ❒ **c.** importance de l'hydroélectricité
19) Il existe un surpeuplement dans un pays lorsque celui-ci :	❒ **a.** compte une très forte population ❒ **b.** connaît une très forte croissance de sa population ❒ **c.** ne peut subvenir aux besoins de toute la population
20) L'exode rural signifie :	❒ **a.** départ des habitants des villes vers les campagnes ❒ **b.** départ des habitants des campagnes vers les villes ❒ **c.** départ des habitants d'un pays vers un autre.

BILAN TEST - CORRIGÉ

QUESTIONS	RÉPONSES
1	b et c
2	a et b
3	a
4	c
5	b et c
6	b
7	a et c
8	b
9	a
10	b
11	a
12	c
13	b
14	c
15	b
16	a
17	a et b
18	b
19	c
20	b

Précisions du professeur :

2. Élu 15 fois stratège.

3. Édit de Milan 313 : le christianisme est toléré.

4. *Le Prince* : Machiavel, *Gargantua* : Rabelais.

5. La bourgeoisie appartient au 3e ordre : le Tiers État.

6. a : prise de la Bastille, c : proclamation de la Ire République.

19. Un pays surpeuplé ne compte pas obligatoirement une forte population.

20 bonnes réponses : bravo !
Entre 15 et 19 bonnes réponses : vous avez de bonnes connaissances qui ne demandent qu'à être approfondies.
Entre 10 et 14 bonnes réponses : trop de trous de mémoire ! Ce livre est fait pour vous !
Entre 6 et 9 bonnes réponses : les semaines à venir vont être studieuses et ce livre un précieux compagnon !
Entre 0 et 5 bonnes réponses : au boulot ! Et rassurez-vous, vous allez vite progresser !

BON ENTRAÎNEMENT ET BON COURAGE !

SOMMAIRE

SECONDE

HISTOIRE-GÉOGRAPHIE

Série 4

L'État à l'époque moderne : France et Angleterre

1re Leçon	L'affirmation de l'État dans le royaume de France
2e Leçon	Le modèle britannique et son influence
3e Leçon	Des mobilités généralisées

Série 5

Dynamiques et ruptures dans les sociétés des XVIIe et XVIIIe siècles

1re Leçon	Les Lumières et le développement des sciences
2e Leçon	Tensions, mutations et crispations de la société d'ordres
3e Leçon	L'Afrique australe : un espace en profonde mutation

HISTOIRE-GÉOGRAPHIE

2de

1re SÉRIE

MÉTHODOLOGIE

PREMIÈRE LEÇON

La composition en histoire et géographie

DEUXIÈME LEÇON

Comment analyser un pamphlet, un article de presse ?
Comment étudier un témoignage ?

TROISIÈME LEÇON

Le dossier documentaire

QUATRIÈME LEÇON

Le croquis et le schéma géographiques

PREMIÈRE LEÇON

La composition en histoire et géographie

L'épreuve de composition est souvent redoutée des élèves qui craignent, avant tout, de manquer de connaissances et de temps le jour du contrôle. Toutefois, il s'agit essentiellement d'un **exercice de méthode** qui implique un **bon niveau de connaissances**. Les meilleures notes au baccalauréat sont souvent attribuées aux élèves qui choisissent cette épreuve plutôt que le sujet correspondant au dossier documentaire. Pour rédiger convenablement une composition, vous devez apprendre **par cœur** les conseils de méthode qui vous sont présentés dans cette fiche mais aussi **fournir un effort supplémentaire lors de la préparation de chaque contrôle** en relisant vos notes mais aussi votre manuel ! N'oubliez pas de regarder l'heure très régulièrement, **il s'agit aussi d'un exercice de gestion du temps**.

La rédaction d'une composition doit s'ordonner autour des étapes suivantes :

I - Le travail préparatoire au brouillon

A - Lisez et comprenez le sujet

- **Recopiez le sujet au brouillon.** Cela vous oblige à le relire attentivement.
  En vous précipitant, vous risquez de lire un mot à la place d'un autre et de commettre un hors sujet !
- **Repérez les mots-clés** (noms propres, communs, signification exacte des mots).
  Si nécessaire, notez tout de suite les définitions au brouillon. Vous en aurez besoin ensuite pour l'introduction.
- **Repérez les limites spatiales et chronologiques du sujet.**
  Se poser les questions : Où ? Quand ?
- **Repérez les ponctuations et les conjonctions de coordination** qui peuvent changer le sens d'une phrase (ex : « La Révolution française, une révolution européenne ? » ou « La Révolution française et l'Europe » sont des sujets très différents).
- Demandez-vous à quel type de sujet vous êtes confronté(e) : **un sujet chronologique** (« La monarchie en France de 1770 à 1792 »), **un sujet tableau** (« L'année 1789 »), **un sujet biographique** (« Napoléon Bonaparte »).

B - Mobilisez vos connaissances

Pour cela, il faut réunir des informations précises (noms, dates événements) pouvant être écrites au brouillon dans le désordre au fur et à mesure que les idées vous viennent à l'esprit.

- Reliez-les, au besoin, par des flèches.
- Classez-les par thème ou par chronologie.

C - Recherchez la problématique

Il s'agit là du moment le plus important du devoir. La problématique va donner tout son sens à votre travail. On ne dira jamais assez que le sujet proposé ne l'a pas été par hasard. On veut vous faire dire quelque chose de précis qui donnera tout son sens à votre composition.

- Bien souvent, les élèves qui n'arrivent pas à dégager de problématique n'ont pas assez approfondi leurs connaissances du cours. **Manquant de connaissances, ils n'arrivent pas à comprendre la**

subtilité du sujet, à discerner ce qui est implicite dans l'énoncé mais que l'on doit retrouver dans votre copie.

- La problématique peut être formulée de façon affirmative ou interrogative. Rédigez-la au brouillon, cela vous fera gagner du temps au moment de l'élaboration de votre introduction.

D - Élaborez un plan

Le plan est l'ossature de la composition, il doit permettre de répondre, par l'argumentation, à la problématique.

- Après avoir rassemblé vos connaissances, il faut les classer et dégager les idées essentielles.
- **Reprenez votre première feuille de brouillon sur laquelle vous avez noté vos premières idées pour vérifier que vous n'avez rien oublié.**
- Votre plan doit être construit en deux ou trois parties (exceptionnellement quatre parties).
- Le plan peut être thématique ou chronologique.
- **Chaque partie doit avoir une idée principale directement reliée à votre problématique.**
- Pour gagner du temps, faites également apparaître vos sous-parties et quelques idées importantes à développer. **Plus votre plan est détaillé, plus vous gagnerez du temps lors de la rédaction.**

E - Rédigez l'introduction

Il s'agit d'un moment fondamental. Une introduction mal rédigée est très souvent le signe d'une composition ratée. Au contraire, une introduction bien rédigée montrera au correcteur que vous avez compris le sujet, ce qui lui donnera envie de vous lire avec un *a priori* favorable. L'introduction doit être rédigée d'abord au brouillon. Il s'agit de la dernière étape avant la rédaction sur la copie. Elle comporte trois étapes fondamentales.

- L'entrée en matière qui présente le sujet, en précisant, au besoin, le sens de certains termes du sujet. Elle permet de localiser le sujet dans le temps et l'espace.
- L'annonce de votre problématique.
- L'annonce du plan.

II - La rédaction sur la copie

A - Rédigez le développement

- Sautez une ou deux lignes entre votre introduction et le développement.
- Laissez un alinéa de deux ou trois carreaux à chaque nouveau paragraphe. Votre copie sera plus agréable à lire.
- Présentez l'idée principale dans la première phrase de votre partie.
- Revenez à la ligne lorsque vous abordez un point nouveau.
- Terminez votre partie par une phrase de transition.
- Attention, s'il s'agit d'un devoir d'histoire. Vous devez faire apparaître des dates, des noms de personnages.

- Ne vous contentez pas d'idées générales. Développez des exemples précis que vous aurez retenus en préparant le contrôle (événement précis, date, citation, description de tableau, etc.). Le correcteur appréciera la précision de vos connaissances !

B - Rédigez la conclusion

Attention, il s'agit de l'étape avant la notation. Si vous disposez de suffisamment de temps, n'hésitez pas à la rédiger d'abord au brouillon.

- Il s'agit avant tout d'un exercice de reformulation des principales idées développées autour de votre problématique.

- Essayez d'élargir le sujet mais attention, il ne s'agit pas de prophétiser, ne soyez pas non plus trop naïf en vous demandant si l'événement suivant va bien avoir lieu. Essayez de resituer la question que vous venez de traiter dans une perspective plus large à l'échelle spatiale ou temporelle.

Quelques conseils

- **Posez votre montre sur la table et consultez l'heure très régulièrement. Donnez-vous des objectifs horaires précis que vous vous efforcerez de respecter.**
- Aérez votre devoir. Une copie bien ordonnée et bien écrite est plus agréable à lire.
- N'utilisez jamais le futur en histoire. Respectez la concordance des temps.
- Rédigez au présent si vous avez peur de ne pas bien maîtriser les temps du passé.
- **Prenez quelques minutes pour vous relire et corriger vos fautes d'orthographe.**

DEUXIÈME LEÇON

Comment analyser un pamphlet, un article de presse ? Comment étudier un témoignage ?

I - Comment analyser un pamphlet ?

Définition d'un pamphlet

Le pamphlet est une œuvre littéraire qui attaque un pouvoir, une institution ou une personne connue. Cette attaque se fait sur le mode de la dénonciation, de la caricature, du dénigrement, de la raillerie, dans un style agressif, vindicatif, rancunier, violent mais aussi satirique, critique et calomnieux, etc. Par conséquent, le verbe est violent, le ton virulent et la forme courte et envolée. Le discours est souvent maximaliste et hyperbolisé.

Dans le fond, il peut s'agir d'une querelle politique ou d'un échange dans le cadre d'un débat d'idées. L'auteur vise à faire éclater une évidence d'où une absence de nuance. Il recherche une action immédiate en proposant une vision du monde très critique avec une volonté de dénoncer une injustice ou une imposture. Par définition, un pamphlétaire est partial et polémiste.

La forme peut être un article de journal – que nous étudierons après – ou de revue, une caricature, ou encore un dessin de presse.

Le genre a été très usité au XVIIIe siècle par les philosophes des Lumières pour tourner en dérision leurs ennemis politiques. Voltaire appelait cela des « fusées volantes ».

A - Identification et présentation document

- Rappeler le titre
- Présenter l'auteur
- Mentionner la date et la source de publication
- Situer le contexte

B - Critiquer le document

N'oubliez pas qu'il s'agit d'un pamphlet. Nous vous rappelons que les pamphlets sont des écrits souvent anonymes qui attaquent violemment l'autorité quelle qu'elle soit (politique, religieuse, personnage important, etc. - voir définition plus haut).

C - Prélever des informations : analyser et interpréter les intentions de l'auteur

Analyser et interpréter les intentions de l'auteur.

D - Dégager la portée du document : comprendre l'intérêt et l'impact de celui-ci

Comprendre l'intérêt et l'impact du document.

II - Comment analyser un article de presse ?

Petit rappel historique

Au XIXe siècle, la presse connut son plus grand bouleversement avec le développement des progrès techniques entraînant son essor malgré la censure rétablie après la Révolution française par arrêté du Premier consul le 17 décembre 1800. La période entre 1815 et 1914 peut être considérée comme l'âge d'or de la presse, dont les tirages augmentent considérablement du fait, comme nous l'avons précisé, des progrès techniques, mais aussi de la libéralisation des institutions et de l'élévation du niveau d'instruction.
La loi sur la liberté de la presse du 29 juillet 1881 encourage encore plus le développement de la presse et lui permet de jouer désormais un rôle fondamental dans la vie politique française.
Pour l'historien, l'article de presse est une source fondamentale pour trouver des renseignements et étudier les opinions publiques d'une époque.

A – Identification du document

Présenter le journal, son lectorat, le contexte historique, pour montrer à qui s'adresse l'article et dans quelle ligne éditoriale il s'inscrit.

B – Critiquer le document

Étudier la date de l'article et celle des événements rapportés, évaluer la crédibilité du témoignage de l'auteur en fonction de ses sources et analyser ce qui marque son point de vue.

C – Prélever et confronter les informations

Relever et vérifier les informations factuelles données par l'article, ainsi que les allusions claires pour les lecteurs de l'époque mais non pour l'historien ou son lecteur contemporain. Il est souvent nécessaire de développer des allusions, de préciser des sigles, d'identifier des personnages.

D – Dégager la portée du document

Analyser son originalité et son impact. Étudier en quoi il apporte des renseignements factuels et une connaissance des regards et des discours contemporains sur les événements.

III - Comment étudier un témoignage

Définition d'un témoignage historique

Pour l'historien, le témoignage d'un contemporain est à la fois irremplaçable, insuffisant et évidemment critiquable. Irremplaçable, parce que le témoin a directement assisté à ce qu'il raconte et qu'il donne des informations inédites et du vécu à l'histoire. Insuffisant, car il n'a vu que ce qu'il pouvait voir et que la vision d'ensemble lui échappe. Critiquable, parce qu'il peut déformer les faits volontairement pour se mettre en valeur et même cacher ce qui le gêne, ou involontairement s'il est influencé par ses préjugés ou tout simplement, si sa mémoire le trahit. Le témoignage en apprend autant sur le témoin que sur la réalité évoquée.

En histoire, un témoignage historique est souvent une œuvre littéraire d'un témoin oculaire de situations vécues qu'il décrit. Cela implique un travail de mémoire basé sur la faculté de se rappeler des moments vécus. La mémoire est l'histoire racontée subjectivement par des témoins lors de témoignages, dans des autobiographies ou des récits historiques.

A – Identification et présentation document

- Rappeler le titre
- Présentation de l'auteur, ce qui permettra d'évaluer l'intérêt du témoignage
- Date et source de publication
- Contexte du témoignage et des faits rapportés

B – S'interroger sur l'auteur du témoignage

S'assurer que l'auteur est digne de foi, c'est-à-dire qu'il a été témoin direct de ce qu'il raconte ou qu'il est bien informé.

C – Prélever et confronter les informations : analyser et interpréter les intentions de l'auteur

Évaluer la sincérité et l'exactitude du témoignage, en tenant compte des présupposés et des préjugés éventuels de l'auteur ainsi que d'éventuelles omissions.

D – Dégager la portée du document : comprendre l'intérêt et l'impact de celui-ci

Évaluer le texte pour la connaissance historique qu'il apporte, en insistant sur son originalité et son impact à l'époque.

TROISIÈME LEÇON

Le dossier documentaire

L'exercice se décompose en deux parties. La première partie porte sur un questionnement en lien avec les documents proposés. La deuxième partie concerne la rédaction d'une réponse organisée, prolongement de la réflexion entamée lors du questionnement.

Beaucoup d'élèves choisissent le sujet relatif au dossier documentaire pensant limiter les risques par rapport à la composition puisque les documents sont censés guider la réflexion de l'élève.

Cette stratégie s'avère souvent risquée. En effet, ce type d'exercice requiert une bonne maîtrise méthodologique ainsi que des connaissances précises et approfondies lors de la rédaction de la réponse organisée. De plus, beaucoup trop d'élèves, par manque de préparation personnelle, se laissent aller à la paraphrase des documents (reformulation plus ou moins habile). Gardez bien à l'esprit que la paraphrase est un piège dans lequel vous devez vous efforcer de ne pas tomber. Votre note risquerait d'être divisée par 2 ou 3.

I – Composition du dossier documentaire

- 1 sujet faisant apparaître une problématique claire à laquelle il faut répondre lors de la rédaction de la réponse organisée.
- 5 documents maximum en lien direct avec le sujet.
- 5 questions maximum sur les documents.
- Des consignes pour rédiger une réponse organisée à la problématique posée par le sujet.

II – Première partie de l'épreuve : questions sur les documents

Il faut rédiger des réponses précises en utilisant les documents et vos connaissances. Attention, il ne s'agit pas de questions de cours. Vous devez constamment vous appuyer sur les documents et les citer quand vous utilisez un texte ou des statistiques.

- Toujours avoir à l'esprit le lien qui existe entre le document et le sujet.
- Faire preuve d'esprit critique : point de vue de l'auteur, parti pris, propagande...
- Toujours penser au contexte dans lequel le document a été produit.
- Présenter l'auteur s'il est connu.

Les questions posées donnent souvent des pistes pour construire le plan de la réponse organisée.

III – Deuxième partie de l'épreuve : réponse organisée

Commencer par écrire le sujet au brouillon.

- Analyser le sujet. Repérer les mots importants et les définir.
- Délimiter les bornes chronologiques du sujet en histoire ainsi que les limites de l'espace étudié en géographie.

- Au brouillon, construire un plan en 2 ou 3 parties regroupant les différents éléments de la réponse à cette problématique.

- Rédiger une introduction (2/3 phrases) pour présenter le sujet, définir les mots-clés et poser la problématique.

- Rédiger le développement : 2 ou 3 parties mises en évidence au brouillon. Les différentes parties doivent :

  ✓ Correspondre à différents thèmes importants liés à la problématique (suggérés par les questions).

  ✓ Être elles-mêmes divisées en plusieurs arguments appuyés sur des exemples.

  ✓ Être reliées entre elles par des connecteurs logiques qui mettent en évidence la progression d'une démonstration argumentée. De même, il est conseillé d'utiliser des connecteurs logiques du type (de plus, en outre, de même...) entre chaque argument au sein des parties.

- Il faut s'appuyer à la fois sur des idées et des exemples contenus dans les documents mais aussi tirés du cours (ou de toute autre source sûre).

- Écrire une conclusion (2/3 phrases), réponse globale à la problématique et ouverture vers ce qui se passe ailleurs en géographie ou après en histoire.

IV – Quelques conseils de présentation

La structure globale de la réponse organisée doit être très facilement et rapidement visible par le correcteur :

- On saute deux lignes entre intro/développement/conclusion,
- Une ligne entre chaque partie du développement,
- On va à la ligne entre chaque idée d'une même partie du développement.
- Longueur totale de la réponse organisée : une feuille recto verso au minimum.

QUATRIÈME LEÇON

Le croquis et le schéma géographiques

Un croquis ou un schéma géographique peut vous être demandé dans la deuxième partie de l'épreuve du baccalauréat. Un croquis est une représentation graphique pour laquelle un fond de carte vous est proposé lors de l'épreuve. Le schéma correspond à un exercice similaire mais aucun fond de carte ne vous est transmis. Vous devez donc délimiter par vous-même l'espace concerné.

Attention, dans une composition de géographie, des schémas sont attendus (au moins un ou deux). Pendant longtemps, les schémas permettaient de valoriser une copie. Aujourd'hui, l'absence de schémas bien construits et utilisés à bon escient dans le corps de la composition est pénalisée.

Leur réalisation passe par deux étapes :

- Réflexion sur le sujet et travail préparatoire au brouillon.
- Réalisation du croquis sur le fond de carte.

I - Travail préparatoire au brouillon

A - Analyse du sujet

- Lire le sujet : repérer les termes importants et leurs relations.
- Définir les limites géographiques du sujet.
- Dégager la problématique (le fil conducteur).

Souvent, le croquis a été vu en classe mais attention, l'intitulé du sujet peut introduire quelques nuances. Le sujet sur « le système-monde » n'est pas le même que celui intitulé « les espaces moteurs de la mondialisation ».

B - La mobilisation des connaissances

- Faire une liste au brouillon de ce qu'on veut représenter, parfois il faut faire des choix dans les éléments représentables pour ne pas surcharger le croquis.

- Organiser la légende autour de deux ou trois thèmes comme pour le plan d'une composition, il faut numéroter ses parties.

II - Construire le croquis/schéma et sa légende

A - Choisir les figurés

Les figurés obéissent à un code précis que l'on nomme le langage cartographique, il existe 3 types de figurés :

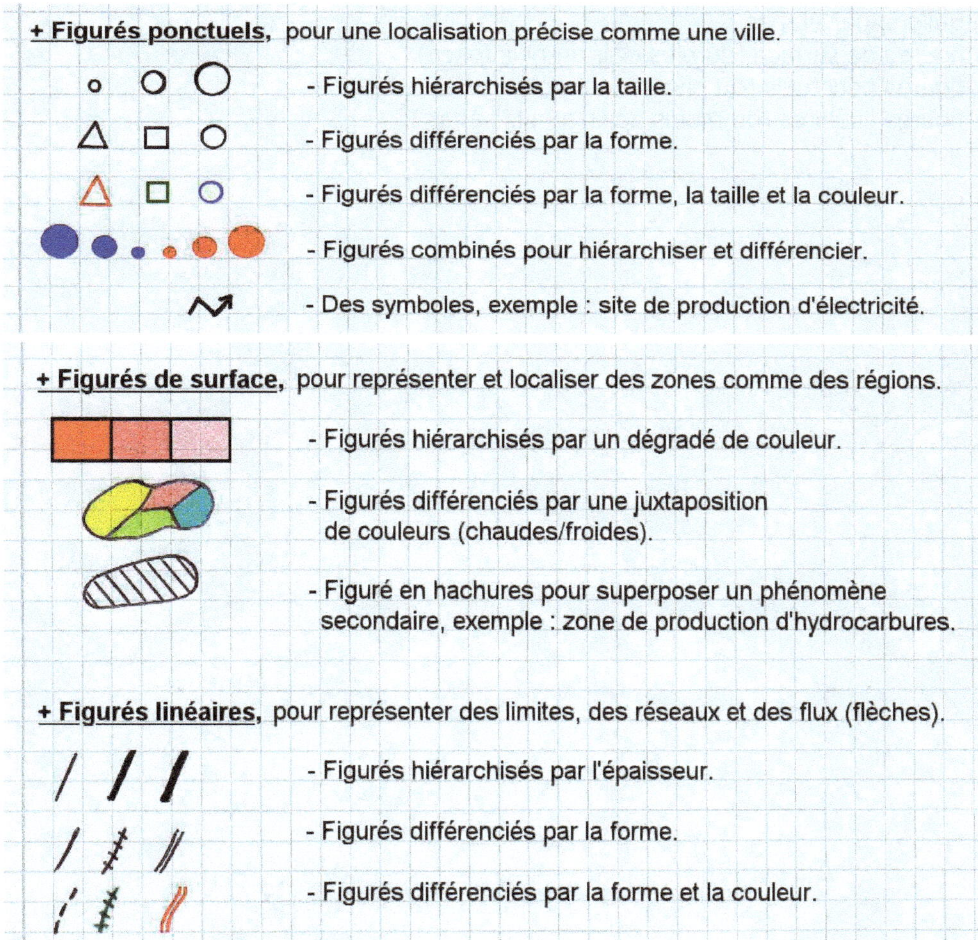

B - La réalisation du croquis/schéma

Il s'agit de prendre garde aux six qualités fondamentales du croquis :

- Le titre : il doit être en gras, en haut de la page, adapté au sujet (on peut souvent reprendre l'intitulé du sujet).
- La légende : elle doit être bien organisée en thèmes qui correspondent à des parties numérotées (2 ou 3). On doit la faire dans l'encadré prévu mais surtout pas derrière le croquis (on doit pouvoir regarder en même temps le croquis et sa légende), ni même « tasser » la légende sur le bord du croquis.
- La nomenclature (liste des noms de lieux de l'espace représenté) doit être complète et hiérarchisée par la taille des lettres.
- L'exactitude des localisations.

- La lisibilité. Pour éviter les surcharges :
  - faire des essais de figurés au brouillon,
  - utiliser des initiales pour alléger la nomenclature et écrire les noms en entier en bas de la légende.

- Le soin : utiliser des crayons de couleur, des feutres fins pour les figurés linéaires. Il faut faire des figurés réguliers, par étapes :
  - figurés de surface (du plus clair au plus foncé),
  - figurés ponctuels (du plus petit au plus gros),
  - figurés linéaires (du moins épais au plus épais).

HISTOIRE-GÉOGRAPHIE

2de

2e SÉRIE

LE MONDE MÉDITERRANÉEN : EMPREINTES DE L'ANTIQUITÉ ET DU MOYEN ÂGE

PREMIÈRE LEÇON

La Méditerranée antique : les empreintes grecques et romaines

DEUXIÈME LEÇON

La Méditerranée médiévale :
espace d'échanges et de conflits à la croisée de trois civilisations

TROISIÈME LEÇON

Société et environnements : des équilibres fragiles

PREMIÈRE LEÇON

La Méditerranée antique : les empreintes grecques et romaines

Objectif : Comprendre le fonctionnement de la démocratie athénienne…

Les civilisations européennes sont les héritières de deux brillantes civilisations, la grecque et la romaine, se succédant et/ou contemporaines. Notre fonctionnement politique et sociétal y puise ses racines. Nos systèmes démocratiques européens trouvent leurs origines dans l'histoire grecque alors que l'État fort et centralisé rappelle la construction étatique de la république puis de l'empire romain.

Dès le VIIIe siècle avant J.C., le monde grec est constitué de cités, c'est-à-dire d'États indépendants, constitués d'une ville principale, d'un port éventuellement et de quelques terres alentour. Toutes ces cités pratiquent la même langue, le même alphabet, la même religion et la même économie. Les systèmes politiques tournent régulièrement : monarchie, oligarchie, tyrannie et démocratie.
Ces cités sont situées en Grèce et sur le pourtour méditerranéen.

Périclès, « père de la démocratie » :

Buste de Périclès portant l'inscription « Périclès, fils de Xanthippe, Athénien ». Marbre, copie romaine d'après un original grec de Crésilas (430 av. J.-C.), musée Pio-Clementino.

Bio express

Périclès (v.494-429), issu de la prestigieuse famille des Alcméonides, joue un rôle de premier plan à Athènes au milieu du Ve siècle avant J. C. Élu stratège plus de vingt fois entre 444 et 429 avant J. C., il est considéré comme le « père de la démocratie ». Il intervient dans tous les domaines de la vie athénienne : politique (ouverture des magistratures à toutes les classes, création du misthos et loi restreignant l'accès à la citoyenneté), culturel (construction de l'Odéon), religieux (construction de l'Acropole) et économique (emploi des citoyens dans les trières ou dans les grands chantiers financés en partie par le trésor de la ligue de Délos).

Histoire, Belin, 2010.

I - La démocratie athénienne dans le monde grec

Comment la cité d'Athènes associe-t-elle la démocratie et l'impérialisme ?

A - Athènes, la démocrate ?

La démocratie est née dans le monde grec, dans la **Cité** d'Athènes au Ve siècle avant notre ère. Le citoyen par le droit de vote qu'il exerce est l'acteur principal de la cité athénienne. Les 42 000 citoyens sont tous égaux devant la loi. Ils gouvernent et combattent ensemble et participent aux mêmes cérémonies religieuses.

Les principes de la démocratie grecque sont :

- l'isonomie, la même loi pour tous les citoyens ;
- l'iségorie, l'égalité du droit de parole entre citoyens ;
- l'isocratie, l'égalité des citoyens dans l'exercice du pouvoir ;
- l'autochtonie, le droit du sang et du sol pour être citoyen.

Ses principales institutions sont :

L'***Ecclésia*** : l'assemblée de tous les citoyens. Elle se réunissait environ trois fois par mois sur la colline de la Pnyx, non loin de l'**Acropole**. Les citoyens peuvent voter **l'ostracisme,** c'est-à-dire l'exclusion de l'un des leurs de la Cité en cas de trahison.

Les activités de l'*Ecclésia* étaient les suivantes :

- Discussions, délibérations : chaque citoyen pouvait prendre la parole et exposer son point de vue pour convaincre l'assemblée.
- Voter les lois.
- Vote de la guerre et de la paix.
- Élection des magistrats.

La ***boulé*** est une assemblée composée de 500 magistrats tirés au sort chaque année. Elle avait pour mission de préparer l'ordre du jour de l'***Ecclésia***, puis de faire appliquer ses décisions.

Les magistrats sont des citoyens élus pour exercer les fonctions de direction de la Cité. Les principaux magistrats étaient les dix stratèges. Ils étaient chargés de faire appliquer les lois et de conduire les opérations militaires en temps de guerre. Ils étaient élus pour un an, rééligibles indéfiniment, mais étaient étroitement contrôlés (être l'objet d'un vote d'ostracisme). C'est ainsi que Périclès fut élu sans interruption pendant 15 années de 443 à 429 avant de mourir victime de la peste. D'autres Athéniens célèbres comme Miltiade ou Thémistocle furent également stratèges.

Comme tout pouvoir politique, la justice émanait du peuple et elle était rendue en son nom. Le principal tribunal était l'héliée : il était composé de 6 000 citoyens tirés au sort, mais qui siégeaient à tour de rôle pour constituer des jurys.

B - Les limites de la démocratie athénienne

Par rapport à la population totale (environ 380 000 habitants) de l'Attique, les citoyens ne représentent pas plus de 10 % des habitants.

Les habitants à Athènes au Ve siècle

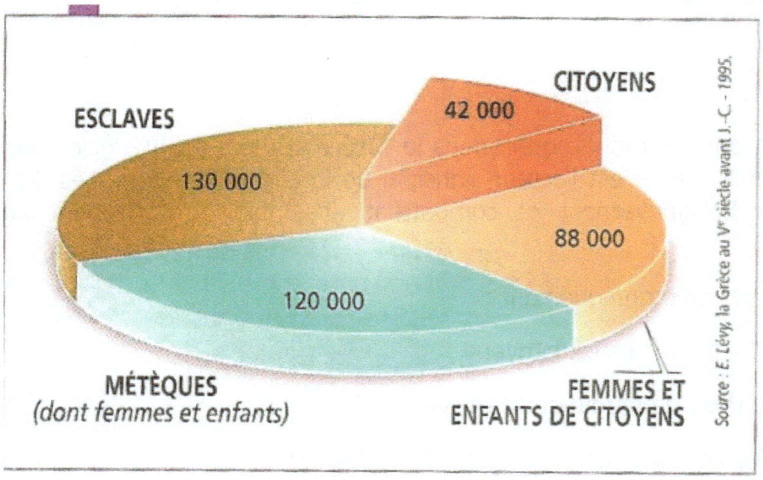

Les **femmes** n'étaient pas citoyennes mais transmettaient la citoyenneté à leurs fils.
Les **métèques** étaient des hommes libres, habitant Athènes mais d'origine étrangère (généralement Grecs des autres Cités). Ils exerçaient souvent la profession de commerçants ou d'artisans dans le port du Pirée. Beaucoup d'entre eux étaient riches.
Les **esclaves** étaient la catégorie la plus nombreuse. Considérés comme des « instruments animés », ils étaient soit des prisonniers de guerre, soit des enfants d'esclaves ; mais un homme libre (citoyen ou métèque) ne pouvait pas être réduit en esclavage. Privés de liberté, ils étaient la propriété de la Cité ou de citoyens. Ils servaient souvent de domestiques.

Ne pas oublier qu'Athènes ne fut démocratique qu'aux Ve et IVe siècles avant notre ère.

Rappel des différents régimes politiques ayant existé en Grèce :

- la monarchie, gouvernement d'un seul ;
- la tyrannie, gouvernement d'un tyran ;
- l'aristocratie, gouvernement du meilleur ;
- l'oligarchie, gouvernement d'un petit nombre ;
- la démocratie, gouvernement par le peuple ;
- la démagogie, conduire le peuple en le manipulant.

Vocabulaire

Boulé : Assemblée de 500 membres tirés au sort, chargés de préparer les lois.

Cité : Communauté indépendante composée de la ville et de sa campagne environnante.

Ecclésia : Assemblée des Citoyens

Ephébie : Service militaire obligatoire. Il dure deux années.
Héliée : Tribunal d'Athènes.

Métèque : Étranger libre vivant et travaillant à Athènes.

Ostracisme : Procédure d'exclusion d'un citoyen votée par l'ecclésia.

Acropole : Espace religieux où se trouvaient les temples.

Mysthos : indemnité versée aux citoyens les plus pauvres afin d'exercer certaines magistratures.

Exercice 1

1. Quelles sont les principales institutions du système démocratique athénien ?

2. Combien Athènes compte-t-elle de citoyens au Ve siècle avant notre ère ?

3. Quel est le rôle de l'ecclésia ?

4. Qui est considéré comme le « père de la démocratie » ?

5. Qui n'est pas citoyen dans la démocratie athénienne ?

Périclès, le « père de la démocratie »

Périclès, le Périclès fut l'initiateur d'un courant démocratique appelé « démocratie radicale ». Cette expression signifie, entre autres, que les citoyens athéniens étaient rémunérés par l'État pour prendre part aux affaires publiques. Auparavant, seuls les plus riches avaient les moyens de consacrer leur temps à la politique. Périclès décida également de mettre en place une indemnité pour tous les citoyens servant comme juré, soldat, marin et administrateur. Cette évolution changea la face de la démocratie et de la société athéniennes. En effet, les citoyens les plus pauvres appelés *thètes* pouvaient désormais participer au même titre que les citoyens propriétaires. Brillant orateur, Périclès déclara dans sa plus célèbre Oraison funèbre que les citoyens d'Athènes percevaient « l'homme qui ne s'intéresse pas aux affaires publiques non pas comme un innocent, mais comme un insignifiant ».

Périclès, le père de la démocratie radicale | National Geographic

II - Guerres médiques et du Péloponnèse : apogée et défaite d'Athènes

A - Athènes, l'une des plus puissantes cités grecques

Objectif : ... pour montrer comment Athènes associe régime démocratique et établissement d'un empire maritime.

Athènes et le monde grec aux Ve et IVe siècles avant notre ère

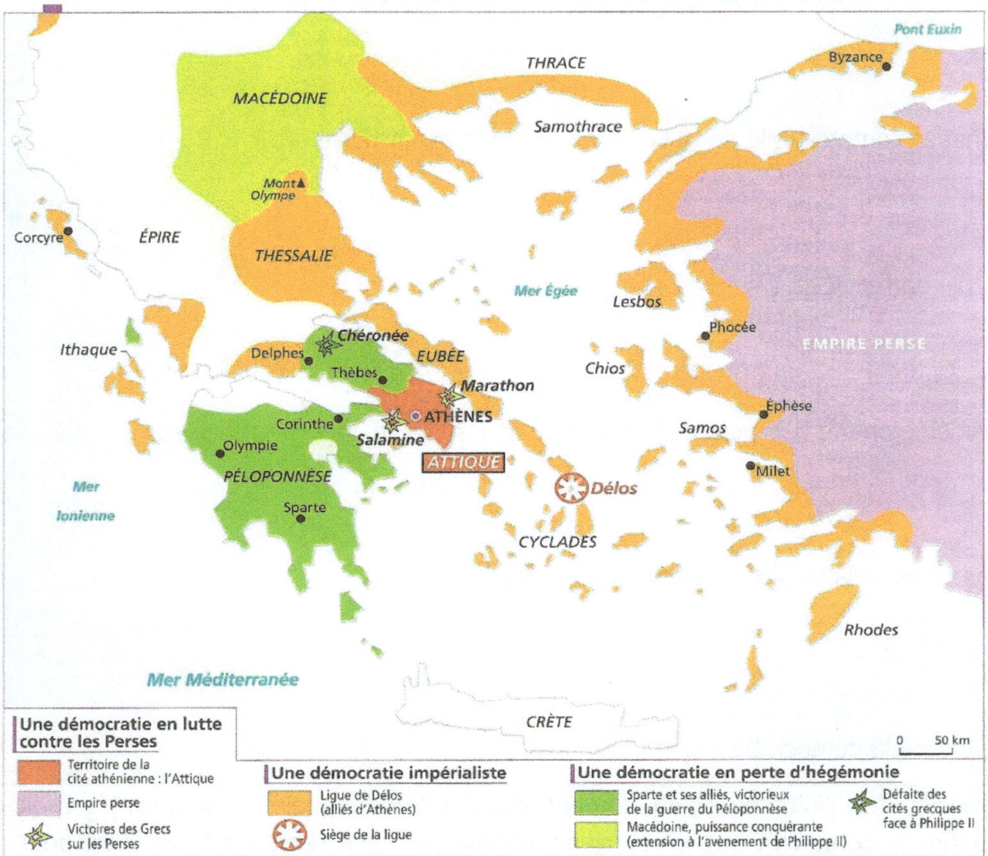

Manuel Seconde 2010, Magnard, Paris, p. 41

Au Ve siècle avant J.C., Athènes est l'une des plus puissantes cités grecques avec Sparte.

De – 490 à – 479, deux expéditions perses de l'Empire achéménide contre des cités grecques obligent les Athéniens à prendre les armes avec Sparte, dont l'armée est réputée. Des cités grecques asiatiques dominées par les Perses se sont révoltées.
Ces victoires maritimes marquent le passage de l'époque archaïque (milieu – VIIIe siècle à – 480) à la classique (Ve et IVe siècle avant J.C.) et plus précisément symbolise la mise en place de l'hégémonie athénienne en mer Egée.
Mais Sparte se retire après – 478 et Athènes prend la tête des cités face aux Perses. C'est ainsi que se forme *La ligue de Délos* contre les Perses. On peut parler de *thalassocratie athénienne*, la flotte athénienne étant la plus réputée. Mais la Ligue de Délos évolue vers une confédération étatique sous l'autorité d'Athènes, devenant la cité mère face à des cités vassales. Cette union consentie entre cités grecques devient une union imposée surtout après – 454, quand le trésor de Délos est transféré à Athènes. Les membres de la Ligue doivent verser un tribut et jurer fidélité et obéissance.

Cette hégémonie athénienne, vécue comme un pouvoir impérial à la gloire de Périclès, est régulièrement remise en cause à travers différentes rébellions réprimées.

En – 449, les Athéniens font la paix avec l'empire perse qui recouvrait une grande partie de l'Asie suite aux victoires de Marathon (– 490) puis de Salamine et des Thermopyles (– 480).

B - Sparte face à l'empire athénien

Mais la montée en puissance d'Athènes, toujours plus exigeante en matière de tribut et de vaisseaux, engendre des peurs et des jalousies. Des cités grecques font appel à Sparte pour lutter contre l'hégémonie athénienne après avoir essayé de la quitter sans succès. Athènes utilise sa flotte financée par ces mêmes cités rebelles pour les faire rentrer dans le rang. Cette alliance avec Sparte est nommée *la Ligue du Péloponnèse*.

Les deux ligues s'affrontent durant la guerre du Péloponnèse de – 431 à – 404 : les Spartiates dominant sur terre et les Athéniens dominant sur mer. Le monde grec est divisé en deux camps entre Athènes et Sparte. L'empire athénien effraie tant par sa force que par son modèle démocratique que les autres cités grecques ne le voient pas toujours d'un bon œil. En – 429, Périclès et ses fils meurent à Athènes suite à une épidémie de peste.

En – 405, les Spartes écrasent les Athéniens qui capitule en – 404. C'est la fin de l'empire athénien et de son modèle démocratique. La ligue de Délos est dissoute et Athènes intègre celle du Péloponnèse. La démocratie est remplacée par la tyrannie des Trente (trente magistrats appelés tyrans).

Le monde égéen à la veille de la guerre du Péloponnèse (-431)

Exercice 2

1. Qui sont les protagonistes des guerres médiques ?

2. Qui sont les protagonistes des guerres du Péloponnèse ?

3. Quand disparaît la démocratie à Athènes ?

4. Qu'est-ce que la Ligue de Délos ?

5. Qui sort vainqueur des guerres médiques ?

Exercice 3

Les habitants de Naxos, qui voulaient quitter la ligue, eurent à subir une guerre et par un siège furent mis à la raison. Ce fut la première ville alliée qui perdit la liberté, contrairement aux conventions fédérales ; chacune des autres par la suite subit le même sort. Les tentatives de sécession des cités alliées avaient d'autres causes encore la principale était l'insuffisance des tributs et des vaisseaux fournis, et parfois le refus du service militaire. Car les Athéniens avaient de grandes exigences et par leurs moyens de répression étaient à charge à leurs alliés, qui n'avaient ni l'habitude ni la volonté de supporter un pareil traitement. D'autre part, le commandement des Athéniens était loin de donner la même satisfaction qu'autrefois ; ils ne participaient plus sur un pied d'égalité aux expéditions ; enfin il leur était facile de réduire les révoltés. Les alliés y furent bien pour quelque chose. La plupart d'entre eux, par répulsion pour le service militaire et pour éviter de quitter leur pays, avaient, au lieu de fournir des vaisseaux, fixé une somme d'argent équivalente. Ainsi la marine athénienne se développait grâce à la contribution des alliés ; en revanche, quand ils se révoltaient, ils se trouvaient sans préparatifs et sans expérience pour la guerre.

Thucydide (trad. Jean Voilquin), *La Guerre du Péloponnèse*, Paris, librairie Garnier Frères, 1936, livre I, chapitres 98-99.

http://remacle.org/bloodwolf/historiens/thucydide/livre1.htm#XCVIII

1. Présentez l'auteur du document.

2. Rappelez le contexte et les raisons de la fondation de la Ligue de Délos.

3. Pourquoi les cités de cette ligue se révoltent-elles ?

4. Que gagne Athènes avec la fondation de la Ligue de Délos ?

5. Comment la Ligue de Délos disparaît-elle ?

C - D'Octave à Auguste et l'Empire romain autour de la « mare nostrum »

Objectif : Montrer comment Rome développe un empire territorial immense.

Un brassage des différents héritages culturels et religieux méditerranéens. Le cas du christianisme.

L'histoire romaine a plus de 1 000 ans : d'après la légende, la ville de Rome a été fondée en – 753 ; et c'est à la fin du Ve siècle après J.-C. (476) que l'Empire romain s'est disloqué face aux invasions des peuples germaniques. La République romaine a duré pendant près de 5 siècles de 509 à 27 avant J.-C. Elle vit la mise en place d'institutions qui ont subsisté jusqu'au principat d'Auguste, la conquête de l'Italie, puis du bassin méditerranéen. Ces conquêtes entraînèrent le brassage d'un nombre important de populations aux cultures et aux religions variées.

Du Ier au IIIe siècle, Rome et son empereur se trouvent à la tête d'un immense empire qui s'étend tout autour de la Méditerranée. Peuplé d'environ 70 millions d'habitants, l'Empire est divisé en 44 provinces. Il est partagé en 395. L'Empire romain d'Occident est disloqué au Ve siècle tandis que l'Empire romain d'Orient, avec sa capitale Constantinople et sa religion chrétienne, subsiste.

L'Empire romain au IIe siècle après J-C

Source : http://bbouillon.free.fr/univ/hl/Fichiers/Cartes/emprom.htm

Après l'assassinat de Jules César en 44 av J.-C., c'est son fils adoptif Octave qui lui succède. En 27 av J.-C., il fonde un nouveau régime, l'Empire, et prend le nom d'Auguste.
Il s'impose car il s'est montré généreux avec les soldats, il a fourni des vivres à la population et il a assuré une forme de paix et de sécurité après avoir éliminé ses concurrents. Surtout, il n'a pas fait l'erreur de César en ne s'opposant pas au Sénat.

Auguste cumule de nombreux pouvoirs :

- Pouvoir politique : Prince du sénat, proconsul, tribun à vie, consul à vie, censeur.

- Pouvoir religieux : Grand Pontife (Pontifex Maximus), Père de la Patrie, Auguste.

- Pouvoir militaire : Tire d'Imperator, chef des armées.

Il fonde une dynastie et est élu au rang de Dieu. Il réussit là où César a échoué.

Les conquêtes ont été possibles grâce aux forces armées romaines, sur mer comme sur terre : Rome disposait d'une armée professionnelle nombreuse et bien équipée qui a conquis la Méditerranée en cinq siècles, puis défendu l'Empire pendant cinq autres siècles. Les légions sont devenues moins efficaces (et moins romaines) au IVe siècle, affaiblies par les guerres civiles et les crises économiques, tandis que les adversaires se renforcèrent, jusqu'à l'effondrement de l'Occident au Ve siècle (franchissement du Rhin en 406 et sac de Rome en 410).

La longévité de l'Empire romain peut donc s'expliquer en partie par cette supériorité militaire romaine, mais aussi par la grande autonomie laissée aux cités au sein des provinces et surtout par l'intégration progressive des anciens vaincus, y compris les esclaves, avec la romanisation et l'octroi de la citoyenneté romaine.

Pour administrer leurs conquêtes, les Romains ont dû adapter leurs institutions. Les territoires hors de l'Italie ont donc été progressivement organisés en « provinces ». Le Sénat y envoyait des magistrats (propréteur ou proconsul) pour servir temporairement de gouverneurs, épaulés par des légats et questeurs.

En 285-286, l'empereur Dioclétien subdivise l'Empire pour mieux répondre aux invasions barbares, confiant les quatre parties à deux augustes et deux césars (formant la « tétrarchie »), sans lien de parenté, choisis au mérite.

Exercice 4

1. Comment s'appelle le temps où les conquêtes sont terminées et où se développe le commerce ?

2. La crise du Principat est marquée par la mort de qui ?

3. Sous quel empereur l'Empire romain est-il à son apogée territorial ?

4. Qui a promulgué un édit ayant pour effet l'accord de la citoyenneté à tous les hommes libres de l'empire et en quelle année ?

5. Qu'est-ce que la romanisation ?

Exercice 5 – Analyse de documents

Auguste vu par l'historien grec Dion Cassius

Dion Cassius expose la façon dont Auguste a obtenu le pouvoir sur les principales provinces de l'Empire.

« Ce fut de cette manière qu'il se fit confirmer l'Empire par le Sénat et par le peuple. Voulant néanmoins paraître populaire, il se chargea de la surveillance et de la direction de toutes les affaires publiques, parce qu'elles réclamaient des soins, mais il déclara qu'il ne gouvernerait pas seul les provinces (...) ; il remit au sénat les plus faibles comme étant pacifiées et exemptes de guerre ; quant aux fortes, il les retint comme présentant des périls et des dangers, (...) c'était en apparence pour que le Sénat pût sans crainte jouir des plus belles, tandis que lui, il aurait les fatigues et les dangers, mais en réalité pour que, sous ce prétexte, les autres fussent sans armes et sans forces, tandis que lui seul aurait des armées à sa disposition et entretiendrait des soldats. (...) Puisqu'il était maître des finances (...), et puisqu'il avait l'autorité militaire, (il) devait exercer en tout et toujours un pouvoir souverain. (...) Ce fut ainsi que la puissance du peuple et du Sénat passa tout entière à Auguste, et qu'à partir de cette époque fut établie une monarchie pure ».

Dion Cassius, *Histoire romaine*, IIe siècle, LIII, 12, 16-17.

Auguste vu par lui-même

Les Actes du divin Auguste, composés par Auguste lui-même, sont considérés comme son testament. Il y fait valoir ses succès et sa vision des événements de 27 av. JC.

« J'ai célébré trois triomphes et ai été salué 21 fois du titre *d'imperator*[1] (...). J'ai été le premier *(princeps)* au Sénat pendant 40 ans, jusqu'à aujourd'hui. (...) J'ai repoussé les frontières de toutes les provinces romaines qui étaient voisines de peuples qui n'étaient pas sujettes à notre empire. (...) Après avoir éteint la guerre civile, et avoir reçu tous les pouvoirs par le consentement universel, j'ai transféré les pouvoirs publics au Sénat et au peuple romain. J'ai reçu pour cette action méritoire, par décret du Sénat, le nom *d'Augustus*[2]. (...). Après cela, j'étais supérieur à tous les autres par la dignité et l'autorité, mais n'avais cependant pas de pouvoir plus grand que celui de mes collègues ».

Res Gesta Divi Augusti, Ier siècle, 4-34.

[1] Général victorieux
[2] Titre honorifique qui donner un caractère sacré

1. Présentez les documents (nature, auteur, dates, contexte).

2. Comment Auguste présente-t-il son règne ?

3. Comment Don Cassius présente-t-il le règne d'Auguste ?

D - Un empire multiculturel et multireligieux

Malgré plusieurs siècles de romanisation, l'Empire romain n'était pas homogène culturellement et reste une mosaïque linguistique. En effet, la moitié occidentale est dominée par l'usage du latin et la moitié orientale par celle du grec.

Sur le plan religieux, le Haut-Empire développa le culte impérial en commençant par Auguste. En général tolérants, les Romains adoptèrent assez facilement de nouvelles divinités – surtout grecques – dont tous les mythes ont même été repris. Mais toutes les nouvelles religions n'ont pas été adoptées sans difficultés (druidisme, judaïsme).

Le judaïsme fut même réprimé sévèrement avec la destruction, à deux reprises, du Temple à Jérusalem et en changeant le nom de Judée de la carte en Palestine.
Le christianisme se répand au sein du judaïsme et des non-juifs. Le refus des chrétiens de participer au culte impérial et le fait qu'ils rejettent la violence entraînent des épisodes de persécutions.
En 313 (édit de Milan), l'empereur Constantin tolère de nouveau le christianisme et en 380 (édit de Thessalonique), l'empereur Théodose fait du christianisme la religion d'État de l'Empire.

Jean-Léon Gérôme, La dernière prière des martyrs chrétiens, 1863-1883, 150,1 × 87,9 cm, the Walters Art Museum à Baltimore. → https://commons.wikimedia.org/

Vocabulaire

Le principat est la forme de gouvernement instaurée par Auguste entre 31 et 27 av. J.-C., qu'il fait évoluer jusqu'à sa mort en 14 ap. J.-C. Il fait suite à une longue période de guerres civiles et marque la fin de la République romaine et le début de l'Empire romain. La période du « Haut-Empire » est plutôt appelée « principat » par les historiens, en référence au titre honorifique de princeps senatus donné à Augustus en -28.

La romanisation est le processus culturel et politique par lequel Rome intègre progressivement ses conquêtes en diffusant son mode de vie. Rome utilise par exemple les "barbares" à son service dans son armée.

Droit latin : Statut conféré à une Cité ou une province par lequel les personnes exerçant une magistrature dans cette cité deviennent ensuite citoyens romains.

Pérégrin : Désigne un habitant de l'empire ne bénéficiant pas de la citoyenneté romaine.

Exercice 6

1. Quel empereur permit la liberté religieuse ?

2. En quelle année l'Empire romain s'est-il séparé en deux et en quelle année l'Empire romain d'Occident s'est-il effondré ?

3. Au cours de quel siècle le christianisme se répandit-il ?

4. Quel empereur fait du christianisme la religion d'État de l'Empire et en quelle année ?

5. Qu'est-ce que les Martyrs de Lyon ?

Exercice 7 - Analyse de document

La fondation de Constantinople

Historien de langue grecque, Sozomène rédige une histoire de l'Église chrétienne dont Constantin serait, selon lui, le fondateur.

L'Empereur Constantin consacrait tous ses soins à la piété. Il élevait des Églises dans toutes les parties de l'Empire. Il élevait les plus magnifiques dans les grandes villes, comme dans Nicomédie, dans Antioche et dans Byzance. Il entreprit d'élever cette dernière à une grandeur égale à celle de Rome. Après avoir terminé les guerres étrangères, il se résolut de fonder une ville qui portât son nom, et qui ne fût pas moins célèbre que Rome. (...) Suivant les ordres de Dieu il augmentât l'enceinte de la ville de Byzance, y fit bâtir quantité de belles maisons et parce qu'il n'y avait pas assez d'habitants pour la remplir, il fit aller des plus considérables tant de Rome, que des Provinces. Il leva des impôts pour financer les ornements de la ville et la nourriture du peuple, y fit un hippodrome, des fontaines, des galeries, l'appela Constantinople, et nouvelle Rome (...). Il y créa un Sénat égal à celui de Rome, et lui attribua les mêmes honneurs, et les mêmes privilèges que ceux dont jouissent les Romains.

Somozène, *Histoire ecclésiastique*, v. 440.

1. Présentez l'auteur et le contexte.

2. Présentez l'empereur Constantin.

3. Rappelez son action en faveur des autres religions en général et du christianisme en particulier.

4. Rappelez le lien entre Constantin et Byzance.

DEUXIÈME LEÇON

La Méditerranée médiévale : Espace d'échanges et de conflits à la croisée de trois civilisations

Objectifs

- L'émergence de grands ensembles de civilisation (Chrétienté orthodoxe et latine, musulmane)

- Les contacts et les heurts entre Chrétienté et Islam (croisades)

- La persistance de la circulation de biens, d'hommes et d'idées dans cet espace méditerranéen relié à l'Europe du Nord, à l'Asie et l'Afrique.

Rappelons que la période du Moyen Âge court du Ve au XVe siècle. Toutefois, dans le cadre de cette leçon, l'étude se limitera à la période du VIIe au XVe siècle puisque le monde musulman que nous devons étudier n'est apparu qu'au VIIe siècle. La rencontre entre les grandes civilisations que sont celles de la Chrétienté grecque à l'est avec l'Empire byzantin, la Chrétienté latine ou d'Occident avec les États d'Europe occidentale au nord, et les pays d'islam au sud, s'est faite principalement autour de la Méditerranée (mare nostrum ou bahr ar-Rûm (mer des Rûm, Romains en arabe).

Ces civilisations, c'est-à-dire les traits communs à un groupe d'hommes, sont étudiées selon plusieurs points de vue : politique, économique, culturel ou encore religieux.

Toujours concurrentes, ces civilisations – héritages de l'Antiquité – entretiennent des relations conflictuelles et guerrières mais aussi commerciales et culturelles.

Le bassin méditerranéen, berceau de trois civilisations

I - Trois grandes civilisations méditerranéennes

A - L'Empire byzantin

Petit rappel : Nous avons vu dans la leçon précédente que l'Empire byzantin était issu du partage de l'Empire romain entre Orient et Occident par Théodose en 395. L'Empire romain d'Occident disparaît en 476, mais l'Empire romain d'Orient survit, avec sa capitale, Byzance devenue Constantinople lors de sa refondation par l'empereur Constantin pour en faire sa capitale, jusqu'à sa chute face aux Turcs ottomans en 1453. On y parle le grec principalement mais aussi de nombreuses autres langues (arménien, géorgien, syriaque, arabe, etc.) et on y pratique le christianisme orthodoxe.

C'est le *basileus*, nom grec donné à l'empereur, qui règne. Ce type de gouvernement est appelé théocratie. L'État quant à lui est centralisé, s'appuyant sur l'administration et l'aristocratie. Nommé par l'armée, le *basileus* dispose d'un pouvoir absolu tant politique que religieux. Il est considéré comme « lieutenant du Christ sur la terre ». À ce titre, il nomme le patriarche de Constantinople, principale autorité religieuse de l'Empire entraînant des liens de subordination, et convoque les conciles.

À partir du VIIIe siècle, de longues querelles entre chrétiens d'Occident et ceux placés sous l'autorité du patriarche de Constantinople sur des questions de préséance et de dogme entraîne en 1054 un rejet mutuel, appelé le grand schisme. Désormais, les chrétiens sont divisés entre orthodoxes et catholiques.
Mais à partir du XIe siècle, l'Empire byzantin est un géant au pied d'argile. Attaqué de toutes parts, il doit demander l'aide de la République de Venise qui acceptera en échange d'avantages commerciaux.

B - Les États d'Occident

La civilisation de l'Occident chrétien est constituée d'États issus de la chute de l'Empire romain d'Occident en 476.
Au fil des siècles et des dynasties qui se sont succédé (mérovingienne et carolingienne), le royaume des Francs est devenu le royaume de France et un des principaux royaumes occidental et méditerranéen avec le Saint-Empire romain germanique et les États italiens dont le royaume de Naples et les États de l'Église, dirigés par le pape.
S'il n'y a pas d'unité étatique, il y en a une religieuse, sous l'autorité du pape à Rome. Contrairement aux empereurs byzantins, à compter du XIe siècle le pape couronne les empereurs du Saint-Empire romain germanique, inversant les liens de subordination et naturellement sources de conflits.

À partir de l'an mille, un nouveau système sociétal se met en place : la féodalité avec ses seigneurs, leur fief et les vassaux, symbolisée par une pyramide en haut de laquelle se trouve le roi, puis les seigneurs, et enfin les bourgeois et les paysans. C'est à cette époque que s'instaure la société qui perdura – avec des évolutions bien sûr – jusqu'à la Révolution, basée sur les trois ordres : la noblesse, le clergé qui prie, et le tiers état qui travaille.
L'augmentation de la population, la concurrence entre seigneurs conduisant à un morcellement politique et à des guerres privées, ainsi que l'affirmation de l'Église romaine, apparaissent comme des éléments de compréhension et d'explication pour appréhender les croisades.

C - Le monde musulman

Dernière religion monothéiste, l'islam est né au VIIe siècle en Arabie autour des villes saintes de La Mecque et Médine. Unis autour du prophète Mahomet, les musulmans se divisent rapidement entre sunnites et chiites, principalement après sa disparition. Le monde musulman se fracture alors en différents États entre Arabes, Turcs Seldjoukides et Berbères, dirigés par des califes détenteurs des pouvoirs politique et religieux.
En un siècle, le monde musulman s'est étendu de la Mésopotamie à l'Espagne, en passant par l'Égypte et le Maghreb, entraînant le développement des villes comme Bagdad, Le Caire ou Cordoue, parmi les plus peuplées du monde.
Autant la société occidentale reste rurale, autant la société musulmane est urbaine avec ses mosquées, ses souks et une riche vie culturelle et intellectuelle en partie héritée de l'Antiquité grecque.
Deux principales dynasties se sont succédé à la tête de cet empire morcelé : les Omeyyades d'abord puis les Abbassides.

Plusieurs dynasties de succèdent à la tête de cet empire trop grand pour être géré par un seul pouvoir. Au VIIIe siècle, les Abbassides installés à Bagdad ont pris la place des Omeyyades de Damas. Des chefs locaux, profitant de ces dissensions et de l'éloignement du pouvoir, prennent leur autonomie. Au XIIe siècle, les Turcs envahissent le monde musulman et s'imposent.

Vocabulaire

Calife : titre porté par les successeurs de Mahomet après sa mort en 632. Il est le dirigeant de l'oumna, c'est-à-dire de la communauté des musulmans et responsable de l'unité de l'islam.

Djihad : En arabe, ce terme signifie « abnégation », « effort », « lutte » ou « résistance », souvent traduit à tort par « guerre sainte ».

Reconquista : nom donné à la période durant laquelle s'est produite la reconquête des territoires de la péninsule ibérique par les royaumes chrétiens.

Sunnisme : Le sunnisme est le principal courant religieux de l'islam, représentant entre 85 % et 90 % des musulmans du monde.

Chiisme : constitue l'une des deux principales branches de l'islam, et regroupe environ 10 à 15 % des musulmans.

Patriarche : autorité suprême de l'Église orthodoxe.

Dar-al-Islam : les terres soumises à l'islam.

Schisme de 1054 : séparation des Églises d'Orient et d'Occident, également appelée grand schisme d'Orient par les catholiques, schisme de Rome par les orthodoxes.

Ordre du Temple, Templiers : ordre religieux et militaire issu de la chevalerie chrétienne du Moyen Âge, dont les membres sont appelés les Templiers.

Saladin : principal adversaire des États latins d'Orient durant le dernier tiers du XIIe siècle, qui mène les musulmans à la reconquête de Jérusalem en 1187. Il affronte ensuite la troisième croisade, menée par les rois de France Philippe Auguste et d'Angleterre Richard Cœur de Lion, et conclut avec Richard une paix qui lui permet de conserver Jérusalem.

Hégire : désigne traditionnellement le départ de Mahomet et de plusieurs de ses compagnons de La Mecque vers l'oasis de Yathrib, ancien nom de Médine, en 622.

Omeyyades : dynastie arabe qui gouverne le monde musulman de 661 à 750 puis al-Andalus de 756 à 1031.

Abbassides : dynastie arabe musulmane qui régna sur le califat abbasside de 750, lorsqu'elle succède aux Omeyyades, jusqu'à la chute de Bagdad en 1258.

Hérésies : dans l'histoire des religions, le terme est appliqué par analogie à des tendances dissidentes en dehors du christianisme.

Empire théocratique : gouvernement où le titulaire de la souveraineté est divin.

Dhimmi : terme historique désignant les sujets non musulmans d'un État sous gouvernance musulmane.

II - Concurrence et affrontement en Méditerranée

Le pourtour méditerranéen est témoin au Moyen Âge de nombreux conflits entre les trois civilisations mais aussi en leur sein et à leurs frontières.

A - Des conflits surtout religieux...

Dès le VIIe siècle, l'expansion musulmane, au nom de la guerre sainte, s'est d'abord faite au détriment de l'Empire byzantin (Syrie et Égypte). En quelques décennies, toute la rive sud de la Méditerranée ainsi que le Proche-Orient passent sous domination musulmane. Mais au VIIIe siècle, le morcellement du monde musulman réduit ses ambitions de conquêtes pour un temps, car les Arabes sont bientôt remplacés par les Turcs.

Puis, au VIIIe siècle, c'est au tour de la chrétienté occidentale de guerroyer avec les Musulmans en Afrique du Nord, en Sicile et en Espagne.

Mais à partir de la fin du XIe siècle, les croisades créent un nouveau type de conflit en Méditerranée. Après que les Musulmans ont interdit aux pèlerins chrétiens de venir prier à Jérusalem, considérée comme ville sainte pour les trois religions (juive, chrétienne et musulmane), le pape Urbain II harangue les foules pour aller libérer le tombeau du Christ mais aussi pour les raisons vues précédemment pensant aussi imposer son pouvoir au roi. Ce sont les débuts de 8 croisades qui ont duré de 1095 à 1270 et qui se sont révélées être des échecs en dehors de la première.
Pour convaincre les futurs croisés, de nombreux arguments furent avancés comme celui du salut de son âme, ou le fait de guerroyer contre les Infidèles et non pas contre des chrétiens.

Jérusalem libérée, les croisés s'y établissent et fondent les États latins en plein territoire musulman, dirigés par des nobles croisés n'ayant que peu d'avenir chez eux parce que cadets ou pauvres. Parmi eux se trouvent des ordres religieux militaires comme les Templiers.

En 1147, la deuxième croisade est prêchée par Bernard de Clairvaux, un moine fondateur de l'ordre cistercien. Cette croisade est un échec, les croisés ne parvenant pas à prendre Damas. En 1187, Jérusalem est reprise par les musulmans commandés par Saladin, mais les chrétiens obtiennent la garantie du libre accès au pèlerinage sur les lieux saints.

En Europe, l'Espagne est musulmane depuis le VIIIe siècle. En 1212, la bataille de Las Navas de Tolosa clôt la reconquête de l'Espagne par les Chrétiens du nord de la péninsule face aux États musulmans installés au VIIIe siècle. Seul l'émirat de Grenade résiste jusqu'en 1492.

Vocabulaire

Ordre cistercien : ordre monastique de droit pontifical. Branche réformée des bénédictins dont l'origine remonte à la fondation de l'abbaye de Cîteaux par Robert de Molesme en 1098. Doit son considérable développement à Bernard de Clairvaux (1090-1153).

Bataille de Las Navas de Tolosa : remportée par les chrétiens, marque une étape décisive de la Reconquista et accélère sensiblement le délitement de l'empire almohade.

États latins : On appelle États latins d'Orient les royaumes chrétiens créés par les croisés à l'issue de la première croisade en Terre sainte. Gouvernés par des seigneurs catholiques d'occident (qu'ils aient été initialement Croisés ou pas).

Quatre États furent créés au Proche-Orient dans la foulée de la première croisade :

- le comté d'Édesse, de 1098 à 1146 ;
- la principauté d'Antioche, de 1098 à 1268 ;
- le comté de Tripoli, de 1102 à 1288 ;
- le royaume de Jérusalem, de 1099 à 1291

B - .... mais aussi économiques

Rappelons qu'avant la conquête musulmane, les territoires occupés par les nouveaux États latins appartenaient à l'Empire byzantin. Par conséquent, les croisades touchent aussi les Byzantins et les combats ne sont plus seulement entre chrétiens et musulmans mais se muent en guerre entre chrétiens d'Occident et orthodoxes, sur fond d'ambitions territoriales et économiques.

En 1204, la quatrième croisade pille Constantinople, capitale de l'Empire byzantin où siège le patriarcat orthodoxe. Ville la plus riche du monde, elle est mise à sac par les croisés. Les chrétiens s'entretuent. Les Vénitiens, furieux de ne plus être les banquiers de l'Empire byzantin ont financé cette croisade. La république de Venise prend le contrôle économique de l'Empire. Cet événement marque la rupture entre les Byzantins et les Occidentaux, plus encore que le schisme de 1054.

C - Des contacts enrichissants

Ces contacts ne furent pas toujours des conflits. Jusqu'à la fin du Moyen Âge, la Méditerranée resta un espace d'échanges commerciaux malgré les guerres, et un carrefour entre l'Asie, l'Afrique et l'Europe. Les ports méditerranéens servirent de transit aux caravanes et aux navires, de nombreuses marchandises de toutes sortes (alimentaires, bois, fourrures, armes, esclaves, coton, soie, épices, etc.) furent échangées de part et d'autre des rives.
Ce sont les cités marchandes italiennes qui dominent la Méditerranée et la protègent aussi des pirates. Venise, Gênes, Pise puis ailleurs, Barcelone et Marseille se font une concurrence acharnée.

Mais le commerce n'est pas le seul lien qu'entretiennent les différentes civilisations entre elles. La culture en est un autre. Les langues pratiquées sont différentes. Par exemple, les Latins ignorent tout de l'islam jusqu'au XIIe siècle où paraît la première traduction du Coran à la demande de l'abbé de Cluny.

L'Âge d'or islamique représenta, entre le VIIIe et le XIIe siècle, la forte contribution du monde musulman au savoir et à la connaissance. Les savants et les érudits arabes ont bénéficié de l'héritage gréco-romain en physique, mathématiques, astronomie, ou encore en médecine et surent le développer et l'enrichir en découvrant l'algèbre par exemple. Contrairement au monde occidental qui ne s'y intéressa pas avant la Renaissance, au moment où justement les savants byzantins fuirent Constantinople vaincue par les Turcs en 1453 et vinrent se réfugier en Italie avec leur connaissance et leurs bibliothèques.

Vocabulaire

Doge : premier magistrat de plusieurs républiques d'Italie, particulièrement de Venise et de Gênes.

Maïmonide : philosophe juif.

Averroès : philosophe, théologien, juriste et médecin musulman andalou de langue arabe du XIIe siècle.

Colleganza : contrats commerciaux signés entre deux associés. L'un des deux associés joue le rôle de marchand en organisant le voyage maritime et l'autre joue le rôle d'investisseur en finançant le voyage. Ils se partagent ensuite plus ou moins équitablement les bénéfices.

Thalassocratie : puissance politique fondée principalement sur la domination de la mer.

Mudéjares : nom donné aux musulmans d'Espagne devenus sujets des royaumes chrétiens après le XIe siècle, pendant la période de tolérance.

Point de passage et d'ouverture
Exercice 8

Bernard de Clairvaux et la deuxième croisade

Émile Signol, Saint-Bernard prêchant la 2e croisade, à Vézelay, en 1146.

Les recommandations de Bernard de Clairvaux aux Templiers

Les soldats du Christ mènent en pleine sécurité les combats de leur Seigneur, car ils n'ont point à craindre d'offenser Dieu en tuant un ennemi et ils ne courent aucun danger, s'ils sont tués eux-mêmes, puisque c'est pour Jésus-Christ qu'ils donnent ou reçoivent le coup de la mort [...]. Ainsi le chevalier du Christ donne la mort en pleine sécurité et la reçoit dans une sécurité plus grande encore. Ce n'est pas en vain qu'il porte l'épée ; il est le ministre de Dieu, et il l'a reçue pour exécuter ses vengeances, en punissant ceux qui font de mauvaises actions et en récompensant ceux qui en font de bonnes. [...] Il exécute à la lettre les vengeances du Christ sur ceux qui font le mal, et acquiert le titre de défenseur des chrétiens [...].
Repoussez donc sans crainte ces nations qui ne respirent que la guerre, taillez en pièces ceux qui jettent la terreur parmi nous, massacrez loin des murs de la cité du Seigneur, tous ces hommes qui commettent l'iniquité et qui brûlent du désir de s'emparer des inestimables trésors du peuple chrétien qui reposent dans les murs de Jérusalem, de profaner nos saints mystères et de se rendre maîtres du sanctuaire de Dieu. [...] Livre-toi donc aux transports de la joie, ô Jérusalem, et reconnais que voici les jours où Dieu te visite. [...] Jette tes yeux tout autour de toi et regarde ; tous ces hommes se sont réunis pour venir à toi ; voilà le secours qui t'est envoyé d'en haut.

Bernard de Clairvaux, *De laude novae militiae*, Chapitre III : « Des soldats du Christ », 1129.

1. Saint Bernard prêcha la 2e croisade, combien y en a-t-il eu ?

2. Présentez les raisons de cette 2e croisade.

3. Présentez Bernard de Clairvaux.

4. Présentez l'ordre des Templiers.

5. Quels sont les arguments de Bernard de Clairvaux pour convaincre les « soldats du Christ » de partir en croisade ?

Point de passage et d'ouverture
Exercice 9

Venise, grande puissance maritime et commerciale

Accord entre l'empereur byzantin et Venise (1082)

Ma Majesté Impériale a bien voulu, suivant la teneur de ce présent chrysobulle[1], que les Vénitiens reçoivent chaque année, au temps des fêtes, un revenu de 20 livres et que cet argent soit distribué dans leurs propres églises suivant leurs volontés. [...] En plus, elle leur donne aussi les magasins qui sont dans le quartier réservé de Perama [...] et trois débarcadères maritimes, délimités au même endroit. [...] elle leur a aussi accordé de commercer toutes les marchandises dans toutes les régions de la Romanie[2] [...] sans qu'ils aient à payer de droits d'aucune sorte pour aucune transaction.

Chrysobulle d'Alexis Comnène en faveur de Venise, mai 1082.

[1] Décret de l'empereur byzantin, scellé d'une bulle d'or.
[2] La Romanie désigne ici l'Empire byzantin.

Le pillage de Constantinople par les croisés (1204)

Robert de Clari (vers 1170 – après 1216) est un petit chevalier picard qui a participé à la quatrième croisade.

Je ne crois pas, quant à moi, que dans les quarante plus riches cités du monde, il y aurait autant de richesses qu'on en trouva à Constantinople [...]. Et ceux-là mêmes qui devaient garder le butin, ceux-là prenaient les joyaux d'or et ils volaient le butin. Chacun des riches hommes prenaient ou des joyaux d'or ou des étoffes de soie brodées d'or et puis il les emportait. C'est de cette façon qu'ils commencèrent à voler, si bien qu'on ne fit jamais de partage pour le commun de l'armée ou les pauvres chevaliers ou les sergents qui avaient aidé à gagner le butin [...]. Les Vénitiens en eurent néanmoins la moitié.

Robert de Clari, Chronique de la croisade, début du XIIIe siècle.

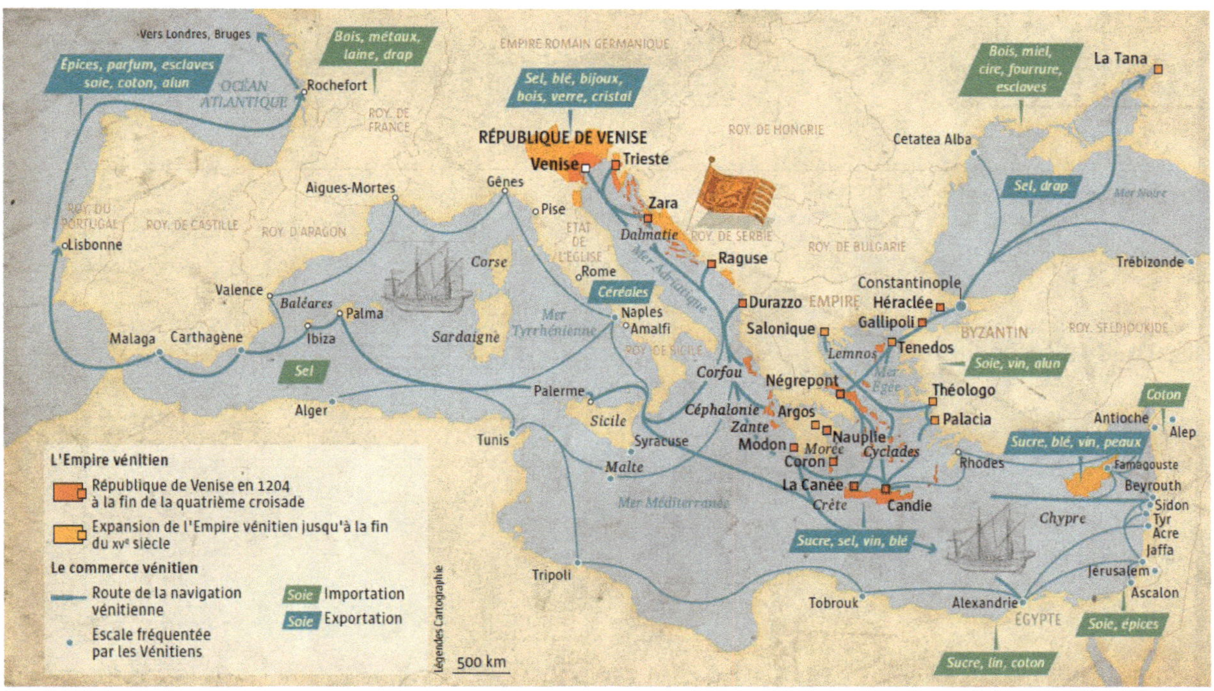

L'Empire vénitien du XIIIe au XVe siècle. *L'Histoire.*

1. Décrivez l'Empire vénitien.

2. Quel est le rôle de la République de Venise dans la 4e croisade ?

3. Quelles en sont les conséquences tant pour les Vénitiens, les Byzantins et les Latins ?

4. Quels sont les liens qui unissent la République de Venise et l'Empire byzantin ?

5. Pouvez-vous donner la définition d'un « fondouk» ?

Exercice 10

1. Qu'est-ce qu'une théocratie ?

2. Qu'est-ce que la Reconquista ?

3. Qu'est-ce qu'un comptoir ?

4. Qu'ont inventé les savants musulmans ? Donnez plusieurs exemples.

TROISIÈME LEÇON

Société et environnements : des équilibres fragiles

Les relations entre les sociétés et leurs environnements sont complexes. Elles se traduisent par de multiples interactions.

L'étude des sociétés face aux risques et l'étude de la gestion d'une ressource majeure (l'eau ou les ressources énergétiques) permettent d'analyser la vulnérabilité des sociétés et la fragilité des milieux continentaux et maritimes. Les enjeux liés à un approvisionnement durable en ressources pèsent de manière croissante et différenciée.

Études de cas possibles

- Le changement climatique et ses effets sur un espace densément peuplé.
- L'Arctique : fragilité et attractivité.
- La forêt amazonienne : un environnement fragile soumis aux pressions et aux risques.
- Les Alpes : des environnements vulnérables et valorisés.

Les relations entre les sociétés et leurs environnements sont de plus en plus complexes. Les deux notions, société et environnement, dont il faudra repréciser le sens, sont multiples et liées par de nombreuses interactions, elles sont soumises à des risques et à des aléas. L'équilibre entre elles est très fragile car les hommes ont aggravé ces risques par leurs actions. Une prise de conscience semble se mettre en place. Dans le cadre d'une transition écologique en cours, l'homme se doit de concilier les deux notions, société et environnement, afin d'améliorer cet équilibre qui dépend des moyens disponibles.

I – Les sociétés face aux risques

A – Quels sont ces risques ?

Rappel des définitions

Société : groupe organisé d'êtres humains ayant établi des relations durables, qui vivent sous des lois communes, qui ont une forme de vie commune.

Environnement : ensemble des éléments naturels et artificiels au milieu desquels vit l'Homme.

Aléa : événement naturel ou anthropique (causé par l'activité humaine) pouvant devenir un risque s'il menace une population. On peut classer ces aléas en cinq catégories : climatiques, géologiques, biologiques, technologiques et sociaux-politiques.

Risque : phénomène représentant un danger direct pour une population en fonction de la nature de l'aléa et de la vulnérabilité de la société donc risque = aléa x vulnérabilité.

La différence entre un aléa et un risque est l'enjeu, ce dernier correspondant à l'humain.

Quels sont ces aléas ?

- Les aléas naturels ou géologiques sont les plus courants et concernent l'ensemble des sociétés même si certains se manifestent dans des milieux spécifiques. Aggravés par le réchauffement climatique, ils regroupent les éruptions volcaniques, les séismes, les glissements de terrain, les raz-de-marée (tsunamis), les effondrements karstiques, les érosions et les retraits-gonflements de l'argile.

- Les aléas biologiques ou sanitaires augmentent avec la mondialisation des mobilités et correspondent aux épidémies, pandémies et épizooties, ainsi qu'aux invasions de nuisibles.
- Les aléas technologiques sont liés au niveau d'industrialisation d'un pays et à la présence ou non de normes de sécurité ainsi qu'à leur respect. Ces accidents sont en augmentation surtout dans les pays en développement. Ils concernent les accidents de transport, les pollutions (de l'air, de l'eau, des sols, lumineuse ou électromagnétique), les explosions, incendies, marées noires, ruptures de barrage, effondrements de bâtiments, affaissements miniers, contaminations radioactives. Ils se concentrent dans les axes de transport, les zones industrielles et urbaines.
- Enfin, il y a les aléas sociaux-politiques, c'est-à-dire les harcèlements, vols, vandalismes, agressions, émeutes, famines, persécutions et guerres.

B - La responsabilité des sociétés dans l'amplification des risques

La pression démographique et la concentration des hommes dans des zones spécifiques telles que les villes et les littoraux entraînent une exposition aux risques plus importante.

Les populations transforment leur environnement, accentuant les risques naturels. L'urbanisation si elle est mal contrôlée, la bétonisation, peut favoriser les inondations. En milieu rural, la déforestation engendre des risques de glissements de terrain.

Le réchauffement climatique joue un rôle, l'élévation du niveau de la mer entraînant des inondations côtières, voire la disparition d'archipels, l'augmentation et l'intensification de cyclones.

C - Des tentatives d'adaptation des sociétés

L'inégalité des pays face aux risques

Par définition, les sociétés sont inégales et cette inégalité s'étend aux risques et à leur vulnérabilité face à ces derniers. Plusieurs caractéristiques entrent en ligne de compte : physiques, sociales, économiques et/ou politiques.

La vulnérabilité est la fragilité face aux risques et elle est étroitement liée au niveau de développement des pays. Ainsi les pays développés sont moins exposés que les pays en développement où les conséquences des risques sont plus importantes : suite à des catastrophes, les pertes humaines sont plus élevées et des crises humanitaires peuvent suivre.

Dans les pays du sud, ces catastrophes peuvent s'expliquer par des négligences liées au manque de moyens, au non-respect ou à l'absence de normes de sécurité, mais aussi parfois à des carences politiques.

Dans les pays développés : prévention et gestion du risque

L'anticipation d'une catastrophe passe par la prévision du risque, parfois basée sur les expériences précédentes.

Les sociétés des pays développés consacrent des moyens à la prévention et à la prévision d'éventuelles catastrophes.

Contre les aléas naturels, des systèmes d'alerte comme la surveillance satellite ou des stations météorologiques ont été mis en place ainsi que des infrastructures adaptées telles les digues aux Pays-Bas pour éviter les inondations, ou l'application des normes parasismiques dans les pays à risque comme le Japon ou la Roumanie.

Les accidents ne sont pas toujours évitables, mais leur bilan est surtout coûteux économiquement et matériellement. Ils sont de moins en moins meurtriers.

Il est possible de réduire la vulnérabilité d'une zone mais il est impossible de l'interdire à certaines populations qui acceptent de vivre dans le cadre d'un « risque acceptable ». Aussi une sensibilisation auprès du public est nécessaire par les médias et les écoles principalement.

Mais si la catastrophe ne peut être évitée, de plus en plus des dispositifs de gestion de crise sont prévus afin d'aider les populations touchées.

Vocabulaire

Érosion : usure et transformation des sols sous l'effet d'une action externe (eau, vent...).

Norme : règle qui vise à améliorer le fonctionnement ou la sécurité d'un produit.

Pression démographique : rapport entre l'effectif de la population et les ressources dont elle peut disposer.

Catastrophe : conséquence d'un événement destructeur associée le plus souvent à des victimes humaines et des dégâts matériels.

Gestion de crise : ensemble des moyens mis en place pour permettre à une société de se préparer et de faire face à la manifestation d'une crise. Ces moyens sont perfectionnés grâce au retour d'expérience.

Prévention : mesures mises en place pour empêcher ou limiter la réalisation d'un risque.

Résilience : capacité d'une population à encaisser, à se relever d'une catastrophe, et à se reconstruire.

Exercice 11

Étude de cas - L'Arctique : fragilité et attractivité

Recelant des réserves énergétiques de plus en plus accessibles consécutivement au changement climatique et à la fonte des glaces, l'Arctique voit son équilibre se modifier.

Document 1

Document 2 - Les conséquences du changement climatique en Arctique

Le changement climatique constitue un défi majeur et sans cesse croissant pour l'Arctique et l'ensemble de la planète. Ses implications seront particulièrement lourdes pour les générations futures qui devront faire face aux conséquences des actions menées actuellement, ou à leur absence.

Les changements environnementaux qui en découlent présenteront à la fois des **risques** et des **opportunités** à travers l'Arctique. Par exemple, la forte diminution de la banquise en été constitue une menace pour la survie de nombreuses espèces qui dépendent de la glace, mais permettra également un accès maritime plus aisé aux ressources et aux communautés humaines.

Les scénarios envisagés dans cette évaluation présupposent tous que les changements se produiront de manière graduelle. Cependant, étant donné la complexité du système climatique de la Terre, des surprises de taille pourraient survenir si le climat évolue différemment. Les courants marins de l'Atlantique nord pourraient subir d'importantes mutations, qu auront des répercussions de grande envergure sur le climat.

Les répercussions du changement climatique dans l'Arctique sont déjà largement observées et ressenties. Elles donnent a reste du monde un bon aperçu de l'importance du changement climatique. Les changements iront également bien au-delà de l'Arctique, et toucheront le climat mondial, le niveau des océans, la biodiversité, et de nombreux aspects des systèmes socio-économiques. C'est pourquoi le changement climatique dans l'Arctique mérite et requiert urgemment l'attention des dirigeants politiques ainsi que cel du public dans le monde entier.

Les 10 conclusions principales

1. Le climat arctique se réchauffe actuellement à un rythme élevé, et l'on prévoit des changements bien plus importants encore.
2. Le réchauffement de l'Arctique et ses conséquences ont des implications à l'échelle mondiale.
3. Les zones de végétation de l'Arctique devraient se déplacer, ce qui aura des impacts de grande envergure
4. La diversité, les habitats et la distribution des espèces animales connaîtront des changements.
5. De nombreuses communautés et infrastructures côtières sont confrontées à un risque croissant de tempêtes.
6. La diminution de la banquise devrait faciliter le transport maritime et l'accès aux ressources naturelles.
7. Le dégel du sol nuira au transport, aux bâtiments et aux autres infrastructures.
8. Les répercussions économiques et culturelles pour les communautés indigènes risquent d'être considérables.
9. Les niveaux élevés de rayonnement ultraviolet auront des répercussions sur les humains, les animaux et la flore.
10. Les effets négatifs sur les personnes et les écosystèmes résultent de l'interaction de multiples facteurs.

www.greenfacts.org

Document 3 - Carte de l'Arctique

Document 4

Ressources énergétiques

Exploitation économique

La perception d'un Arctique particulièrement riche en hydrocarbure est tout d'abord portée par des faits : 400 gisements de pétrole et de gaz sont actuellement actifs en Arctique, principalement en Alaska et en Sibérie occidentale. En intégrant la Norvège, la production pétrolière en Arctique représentait 10% de la production mondiale en 2010, et 25% pour le gaz[1].

Mais la vision d'un Arctique « eldorado » énergétique a été ravivée ces dernières années par la publication d'un court document[2] en 2008. Produit par l'USGS (*US Geological Survey*), il évalue la présence d'hydrocarbure dans cette aire à hauteur de 22 % des réserves mondiales non encore découvertes, mais considérées comme techniquement exploitables. 29 % des réserves de gaz et 13 % des réserves mondiales de pétrole non découvertes se trouveraient ainsi en Arctique.

Ce travail se base sur des modèles probabilistes, et non des forages. Les explorations menées depuis se sont révélées décevantes. Outres des difficultés techniques sur trois plates-formes en 2012 (notamment liées aux conditions naturelles) et qui ont retardé la prospection, Shell a annoncé en septembre 2015 la suspension de ses activités de forage au large de l'Alaska, malgré 7 milliards de dollars investis dans les licences d'exploration dans les mers de Beaufort et des Tchouktches (certains avaient été accordés à Shell par l'administration américaine en mai 2015...).

La valorisation des hydrocarbures arctiques nécessiterait le maintien d'un prix structurellement élevé du baril, condition à une exploitation rentable de ces réserves, au moins on-shore. Dans ce dernier cas, le coût de cette exploitation serait équivalent à l'exploitation des schistes bitumineux (entre 35$ et 65$ le baril). L'off-shore, en revanche – là où se trouve l'essentiel des ressources hors Alaska – serait beaucoup plus coûteux (entre 65$ et 100$ le baril[3]). A l'image du projet Yamal pour le gaz, la certitude de grandes réserves permet de pré-vendre la production pour les 15 à 20 années à venir, et justifie des investissements particulièrement lourds (27 milliards de dollars en 2013 : forages, exploitation des champs, flotte de méthaniers, centrale de liquéfaction, voire un nouveau gazoduc).

Si l'Arctique constitue un terrain de prospection potentiel, plusieurs arguments réduisent les perspectives d'une exploitation réelle d'ici au moins une vingtaine d'années. Au regard des conditions naturelles (retour de la banquise hivernale, tempêtes d'autant plus fortes en période de retrait des glaces...), les risques d'exploitation, que ce soit pour l'extraction ou pour le transport des hydrocarbures, demeureront élevés pour le on-shore et le off-shore. Aux coûts d'exploitation grevés par ces risques s'ajoutent les contraintes de sécurité des personnels et des bateaux et les contraintes de protection de l'environnement. Des pollutions pourraient avoir des conséquences lourdes ne serait-ce qu'en termes d'image pour l'entreprise pollueuse et pour la région, dont la qualité de préservation de l'environnement naturel est la première caractéristique. Total s'est désengagé de l'exploitation pétrolière (mais non gazière) dans cette aire, notamment pour cette raison. Des capacités de secours, de dépollution devront être planifiées et dotées. Enfin, il y a encore de nombreux territoires où la probabilité de présence d'hydrocarbures non découverts est bonne, et où les coûts et risques d'exploitation seraient bien moindres qu'en Arctique (Afrique, Amérique du Sud...).

Les hydrocarbures présents en Arctique ne devraient pas constituer un enjeu interétatique majeur. En effet, « *les zones potentiellement aptes à contenir des hydrocarbures en Arctique se trouvent entre 90% et 95 % à l'intérieur de la zone territoriale des 200 milles marins* »[4] (les Zones économiques exclusives) des États riverains du pôle Nord. Les revendications et contestations territoriales au-delà des ZEE auraient donc d'autres motivations que les 5 % de ressource potentielle en hydrocarbures.

Ressources énergétiques - Observatoire de l'Arctique (observatoire-arctique.fr)

1. Quels sont les États qui se partagent l'Arctique ?

2. Quelles sont les conséquences du changement climatique en Arctique ?

3. Quelles sont les énergies trouvées en Arctique ? Où se trouvent-elles ?

4. Qu'est-ce qu'une ZEE ?

5. Expliquez en quoi l'exploitation des gisements d'hydrocarbures est difficile.

II - Question spécifique : La France, des milieux métropolitains et ultramarins entre valorisation et protection.

En France, la richesse et la fragilité des milieux motivent des actions de valorisation et de protection. Ces actions répondent à des enjeux d'aménagement, nationaux et européens, articulés à des défis environnementaux : exploitation des ressources, protection des espaces, gestion des risques.

Exercice 12

Étude de cas : Pour une gestion durable de la Loire

L'estuaire de la Loire : un milieu fragile fortement aménagé

Décrire l'anthropisation de l'estuaire de la Loire.

Document 1

1 Le Nord de l'estuaire de la Loire, de Saint-Nazaire à Guérande : un paysage entre milieux naturels et aménagements

Document 2

2 L'estuaire de la Loire, entre nature et artificialisation

Les zones humides de l'estuaire sont un ensemble de vasières, de roselières, de prés inondables. Depuis le milieu du XVIIe siècle, particulièrement depuis 1965 avec le choix de Nantes et de Saint-Nazaire comme métropole de l'Ouest et l'aménagement de la Basse-Loire, les paysages estuariens ont été fortement modifiés : endiguement de la section amont, « chenalisation » de la section intermédiaire, aménagement et approfondissement du lit estuarien pour l'accès de grands navires au nouveau port de Donges-Montoir.

Il en résulte l'artificialisation d'un unique chenal de navigation, la disparition des îles et le comblement des bras morts et des chenaux, la progression vers l'amont de la salinité ainsi que du bouchon vaseux.

D'après L. Després (coord.), *L'estuaire de la Loire*, PUR, 2009.

Document 3

3 L'estuaire de la Loire : un milieu fortement anthropisé

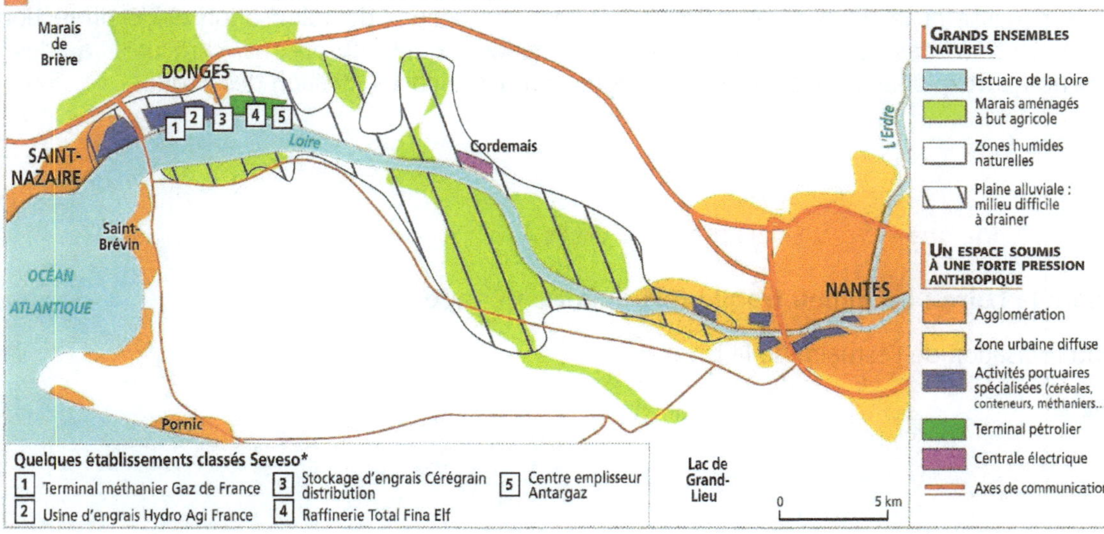

Document 4

4 Un espace soumis à de fortes pressions anthropiques

Dans le passé, ce sont les activités industrielles et portuaires qui ont eu un impact majeur d'artificialisation de l'estuaire. Désormais, les problèmes principaux proviennent de la pression démographique et de la périurbanisation* qui l'accompagne.

Certes, des pollutions accidentelles spectaculaires se produisent régulièrement ; les risques d'accidents graves des nombreuses installations industrielles classées Seveso* sont réels, et les dragages nécessaires à l'activité portuaire contribuent à la formation du bouchon vaseux excessif.

Mais, aujourd'hui, le mitage dû à la périurbanisation et à l'extension du réseau de circulation qui l'accompagne, est aussi un problème pour le bon fonctionnement des écosystèmes.

D'autre part, les rejets dans l'eau et les sols de produits phytosanitaires (engrais, pesticides) de l'agriculture industrielle intensive sont importants et menacent la qualité de l'environnement.

Cependant, ces pressions semblent plutôt en régression, alors que l'expansion des aires urbaines de Nantes-Saint-Nazaire paraît irrésistible.

D'après L. Després (coord.), *L'estuaire de la Loire*, PUR, 2009.

Document 5

5 Manifestation contre le projet d'extension portuaire de Donges-Est par des membres de l'association SOS Loire vivante

Source : Les documents 1, 2, 3, 4 et 5 sont extraits du manuel de Première, Hatier, pages 80 et 81.

1. Doc 3. Décrivez le milieu « naturel » de l'estuaire de la Loire.

____

____

____

____

2. Doc 1, 3 et 4. Quels sont les aménagements réalisés dans l'estuaire de la Loire ?

____

____

____

____

____

3. Doc 2, 3, 4. Quelles sont les différentes activités économiques développées correspondant à ces aménagements ?

____

____

____

____

____

4. Doc. 4. À quelles menaces est confronté l'écosystème de l'estuaire de la Loire ?

5. Doc 5. De quelle façon peuvent réagir les populations locales ?

La Loire : un milieu à ménager

Décrire les acteurs et les moyens mobilisés pour la préservation de la Loire.

Document 6

1 Pourquoi un plan ?

1980	Crue catastrophique de la Loire, près du Puy (8 morts, très gros dégâts).
1986	• L'EPALA (Établissement public d'aménagement de la Loire et de ses affluents) prévoit 4 barrages sur le fleuve et ses affluents (dont Serre de la Fare dans la haute vallée de la Loire). • Le Comité « Loire Vivante » se crée pour s'opposer à ce programme, travaille en coopération avec le WWF International, WWF France et France Nature Environnement.
1989	En février débute une occupation du site de Serre de la Fare afin d'obtenir la préservation de la Loire sauvage : elle va durer 5 ans.
1992	Le Comité Loire Vivante reçoit le Prix Goldmann, le prix le plus important du Monde en matière de défense de la Nature. Le débat dépasse les frontières françaises ; le prince Philip d'Edimbourg, président du WWF, se rend au bec d'Allier, au confluent de la Loire et de l'Allier et lance un appel qui fait sensation : « Vive la Loire sauvage ! »
1994	Après 6 années de campagne juridique, médiatique et scientifique, SOS Loire Vivante obtient l'abandon définitif du barrage de Serre de la Fare, dans le cadre du « Plan Loire Grandeur Nature » annoncé le 4 janvier 1994. Ce plan révise entièrement le programme d'aménagement de la Loire, abandonnant la logique des aménagements lourds et mettant l'accent sur la prévention des crues sans barrages et la sauvegarde du patrimoine naturel.

Document 7

2 Les zones d'intervention du plan Loire

Document 8

3 L'association SOS Loire Vivante à Serre de la Fare

Département

SOS Loire vivante fête les vingt ans de l'occupation de Serre de la Fare

Document 9

4 Le financement du plan

Contribution des partenaires [1]
(en millions d'euros), 2007-2013

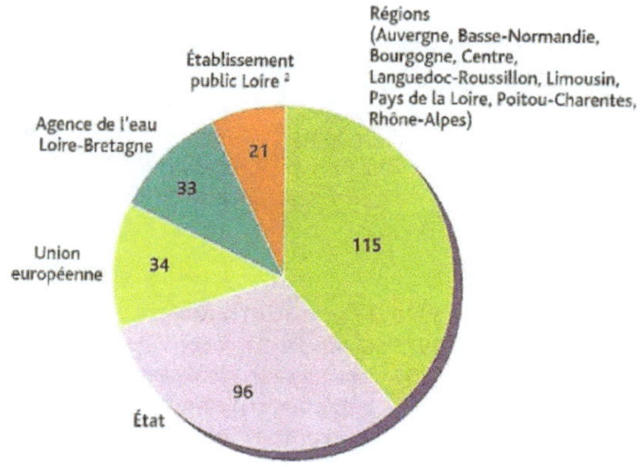

1. Via un Contrat de projet interrégional signé entre l'État, les régions, l'agence de l'eau et l'établissement public Loire.
2. Le financement du Plan Loire repose également sur un programme opérationnel FEDER Loire adopté par la Commission européenne.

Document 10

5 L'UE accompagne le développement durable de la Loire

Dans le cadre d'un programme plurirégional, l'Europe mobilisera 33,8 millions d'euros de fonds FEDER pour la période 2007-2013.

Source : Les documents de cette séance sont extraits du manuel Magnard, 2011, pages 100 et 101.

1. Doc 6. Pourquoi vivre en bord de Loire peut-il être risqué ?

2. Doc 7, 8, 9. Quels sont les différents acteurs qui se mobilisent en faveur d'une gestion durable de la Loire ?

3. Doc 6. Décrivez les principales caractéristiques du « plan Loire grandeur nature ».

Synthèse

Rédigez une synthèse d'une vingtaine de lignes environ indiquant pourquoi la Loire est un milieu fragile et comment s'organise la gestion durable de son environnement.

HISTOIRE-GÉOGRAPHIE

2de

3e SÉRIE

XVe-XVIe SIÈCLES : UN NOUVEAU RAPPORT AU MONDE, UN TEMPS DE MUTATION INTELLECTUELLE

PREMIÈRE LEÇON

L'ouverture atlantique : les conséquences de la découverte du « Nouveau Monde »

DEUXIÈME LEÇON

Renaissance, Humanisme et réformes religieuses : les mutations de l'Europe

TROISIÈME LEÇON

Territoires, populations et développement : quels défis ?

PREMIÈRE LEÇON

L'ouverture atlantique : les conséquences de la découverte du « Nouveau Monde »

Objectifs

Ce chapitre vise à montrer le basculement des échanges de la Méditerranée vers l'Atlantique après 1453 et 1492, ainsi que le début d'une forme de mondialisation.

On peut mettre en avant les conséquences suivantes en Europe et dans les territoires conquis :

- la constitution d'empires coloniaux (conquistadors, marchands, missionnaires…) ;
- une circulation économique entre les Amériques, l'Afrique, l'Asie et l'Europe ;
- l'esclavage avant et après la conquête des Amériques ;
- les progrès de la connaissance du monde ;
- le devenir des populations des Amériques (conquête et affrontements, évolution du peuplement amérindien, peuplement européen, métissage, choc microbien).

Dans le chapitre précédent, nous avons étudié une société centrée sur la Méditerranée. En effet, de l'Antiquité à la fin du Moyen Âge, les principales civilisations évoluent autour de ce qui s'appelle Mare Nostrum. Avec la découverte d'un « nouveau monde », les relations entre elles – politiques, religieuses et commerciales principalement – ont évolué, passant d'une mer fermée à un monde beaucoup plus large. Les conséquences en ont été fondamentales et ont vu la mise en place d'une première mondialisation. Le XVe siècle voit la fin du Moyen Âge et l'entrée dans l'époque moderne, deux périodes reliées par la Renaissance autour de deux dates fondamentales, 1453 et 1492. Les Européens connaissaient encore peu les peuples et les civilisations d'Afrique et d'Asie et ignoraient l'existence du continent américain. Les « grandes découvertes » ont bouleversé la connaissance que les Européens avaient du monde et des autres peuples et civilisations. L'expansion européenne consécutive a entraîné de nombreuses conséquences pour les civilisations découvertes auxquelles les conquérants ont imposé leur culture, leurs croyances et leurs valeurs.

I - La découverte d'un « Nouveau monde »

A - Les raisons

En 1453, les Turcs ottomans s'emparent de Constantinople, capitale de l'Empire byzantin, la renomment Istanbul, entraînant ainsi sa fin. Désormais, l'Empire ottoman contrôle les détroits du Bosphore et des Dardanelles, passages incontournables pour les échanges commerciaux. Les Turcs détiennent ainsi les clefs du commerce avec l'Inde et la Chine et mettent en place des contrôles douaniers sur les marchandises en transit.

Toutefois, si l'expansion musulmane s'étend à l'est, jusqu'à Vienne en 1529 et en 1583, celle-ci fut bloquée à l'ouest en 1492 avec la prise de Grenade. L'événement marque la fin de la Reconquista et l'expulsion des derniers musulmans de la péninsule ibérique.

Parallèlement, les royaumes maritimes portugais et espagnol supportent de moins en moins le rôle toujours déterminant de la République de Venise dans les échanges commerciaux en Méditerranée. Il faut donc trouver d'autres routes pour atteindre l'Inde et la Chine. Les Portugais ayant financé des expéditions vers l'Afrique, il ne reste à l'Espagne que la route atlantique pour avoir accès à l'Inde.

B - Le temps des explorations

Rappelons que les motivations des croisades des XI-XIIIe siècles étaient religieuses, économiques et politiques. Les desseins des royaumes chrétiens du XVe siècle ne sont pas différents.

L'Europe du XVe siècle est en pleine croissance économique et démographique, rappelant là aussi des similitudes avec sa situation au XIe siècle.

Les deux royaumes plus particulièrement concernés par cette volonté d'exploration sont le Portugal et l'Espagne.

Depuis 1415, les Portugais sont à la recherche d'une route menant en Asie par le sud. Vasco de Gama atteint l'Inde en 1498 en longeant les côtes africaines. Le Portugais Cabral découvre le Brésil en 1500.

À l'ouest, la route est ouverte par le Génois Christophe Colomb, dont les trois expéditions sont financées par l'Espagne. La première fois, il débarque sur le continent américain en 1492 sans comprendre qu'il a découvert un « nouveau monde ». En 1519, le Portugais Fernand de Magellan, lui aussi au service de l'Espagne, accomplit le « circumnavigation » par l'ouest, traversant le Pacifique.

Les autres nations européennes se lancent dans la compétition. Au nom de l'Angleterre, l'Amérique du Nord est abordée en 1497 par Jean Cabot et le Canada est découvert en 1534 par Jacques Cartier au nom de la France. Enfin, les Hollandais s'aventurent à leur tour dans l'océan Indien en 1595.

Ces explorations ont été rendues possibles par les progrès scientifiques et techniques. Les portulans améliorent la connaissance des côtes, tandis que la boussole et l'astrolabe permettent de naviguer sur les océans. Enfin, les techniques de construction des bateaux ont évolué avec la création des caravelles (1140).

Vocabulaire

Échange colombien : échange biologique intercontinental survenu à la suite de l'arrivée de Christophe Colomb en Amérique. Il s'agit de l'un des événements les plus importants de l'histoire de l'écologie, de l'agriculture et de la culture.

Portulan : carte maritime de la fin du Moyen Âge sur laquelle figurent les tracés des côtes, les ports et des indications utiles à la navigation.

Astrolabe : instrument d'origine grecque adapté par les Arabes, puis les Portugais, permettant d'obtenir, pour une latitude donnée, une représentation plane simplifiée du ciel à une date précise. Cet instrument permet de se situer de façon sûre en utilisant les étoiles.

Vasco de Gama : navigateur portugais, premier Européen à parvenir aux Indes par la mer, en contournant le cap de Bonne-Espérance en 1498.

Exercice 13

Le monde connu à la fin du XVIe siècle

Mappemonde de Desceliers, peinture sur parchemin, 1546. Londres, Bristish Library

1. Qu'est-ce qui indique que cette carte est destinée aux navigateurs ?

2. Quels nouveaux horizons géographiques sont représentés sur cette carte ?

3. Comment qualifier les connaissances géographiques des Européens à la fin du XVe siècle ?

4. Rappelez ce qu'est un portulan. Cette carte en est-elle un ?

5. Rappelez ce qu'est la circumnavigation.

C - De nouveaux centres de gravité

En quelques décennies, le monde connu des Européens s'est élargi aux dimensions du globe. Des atlas et des mappemondes sont publiés et intègrent ce « nouveau monde » baptisé Amérique, du nom d'un explorateur florentin, Amerigo Vespucci.

Si l'Océanie est encore ignorée, seuls les intérieurs des continents africain et américain restent inconnus.

Un nouvel équilibre entre les puissances économiques européennes se met en place. L'Europe devient le centre du monde connu. De nouvelles rivalités entre pays européens s'établissent. La Méditerranée reste un espace d'échanges pour le commerce avec l'Orient mais la concurrence du négoce atlantique a entraîné son déclin. Les ports italiens, Venise en tête, déclinent au profit de ports atlantiques comme Lisbonne, Séville et Anvers.

II - Conquête et colonisation du « Nouveau Monde » par les Européens

A - De l'exploration à la conquête

Les territoires découverts par les explorateurs et les richesses supposées dont ils regorgent attisent la convoitise des puissances européennes. Aussi dans le sillage des voyages d'exploration, des conquistadors mus par la soif de l'or et des honneurs, vont anéantir toute une civilisation. Afin que la découverte de ces nouvelles terres n'entraîne pas de guerres entre pays européens, en 1494, l'Espagne et le Portugal signèrent le traité de Tordesillas qui traça une ligne de partage dans l'Atlantique et créa deux sphères d'influence.

Hernan Cortés (1521) et Francisco Pizarro (1533) s'emparent des empires aztèque et inca entraînant ainsi la destruction et la mort. Les Amérindiens, convertis de force au christianisme par des missionnaires, réduits au travail forcé dans les plantations ou dans les mines d'argent, meurent par millions, victimes de mauvais traitements et de maladies, la variole particulièrement, apportées par les Européens. Les armes à feu, les chevaux inconnus des Amérindiens, des alliances avec certains Amérindiens permettent aux conquistadors de soumettre très rapidement des empires affaiblis par les épidémies et les guerres civiles. Ce qui explique comment quelques centaines d'hommes ont pu conquérir des empires peuplés de millions d'hommes et de femmes.

B - L'émergence d'une économie-monde et d'un nouvel ordre colonial

Désormais, les Européens sont présents en Amérique, le long de la côte ouest de l'Afrique et dans l'océan Indien. Les échanges entre les continents se multiplient. Les Européens contrôlent les routes des épices asiatiques et celles des nouveaux approvisionnements venus d'Amérique. Les échanges se mettent en place : produits exotiques (sucre, tabac, etc.) contre produits manufacturés (armes, vêtements, outils, etc.).

Apparaît un système économique basé sur l'exploitation des richesses des nouvelles colonies. Des administrateurs sont envoyés d'Europe pour les organiser. Les terres sont accaparées par les nouveaux colons qui créent de grandes plantations. Après avoir exploité et sacrifié les Amérindiens, en manque de main-d'œuvre, ils mettent en place la traite d'êtres humains venus d'Afrique dès la fin du XVIe siècle.

Des ports et des comptoirs pour exporter vers l'Europe sont implantés le long des côtes.

Ces réalisations sont soutenues par l'Église qui légitime ces actions dans les colonies. Parfois, la mission d'évangélisation des missionnaires a permis de protéger les Amérindiens de la brutalité des colons.

Dès 1537, l'Église condamne l'esclavage des Amérindiens. En 1550, les théologiens Bartolomé de Las Casas et Juan Ginés Sepulveda s'affrontent lors de la controverse à Valladolid et l'esclavage des Amérindiens est aboli. Cette décision eut d'importantes conséquences puisque désormais les colons étaient sans main-d'œuvre. Aussi, les puissances européennes organisèrent-elles la traite des Africains. C'est le début du commerce triangulaire.

Vocabulaire

Hernan Cortés (1485-1547) : conquistador espagnol parti à la conquête du Mexique. Il détruit l'Empire aztèque en 1521 et devient gouverneur de la Nouvelle-Espagne.

Missionnaire : chrétien qui part évangéliser dans le cadre d'une mission à l'étranger.

Jésuite : religieux appartenant à la Compagnie de Jésus. Ordre fondé en 1534 par l'Espagnol Ignace de Loyola (1491-1556).

Point de passage et d'ouverture

Exercice 14

Bartolomé de Las Casas et la controverse de Valladolid

Le point de vue de Juan Ginés de Sepúlveda sur les Amérindiens

Les Indiens demandent, de par leur nature et dans leur propre intérêt, à être placés sous l'autorité des princes ou d'États civilisés et vertueux dont la puissance, la sagesse et les institutions leur apprendront une morale plus haute et un mode de vie plus digne. [...] Comparez ces bienfaits dont jouissent les Espagnols – prudence, invention, magnanimité, tempérance, humanité et religion – avec ceux de ces hommelets si médiocrement humains, dépourvus de toute science et de tout art, sans monument du passé autre que certaines peintures aux évocations imprécises. Ils n'ont pas de lois écrites mais seulement des coutumes, des traditions barbares. Ils ignorent même le droit de propriété. [...] Comment douter que des peuples aussi peu civilisés, aussi barbares, souillés de tant d'impuretés et d'impiétés, n'aient pas été justement conquis par un souverain aussi excellent, pieux et juste, que l'était Ferdinand le Catholique et que l'est l'empereur Charles, et par une nation aussi humaine, aussi riche de toutes sortes de vertus ?

Juan Ginés de Sepúlveda, *Des justes causes de la guerre*, 1544.

Le sort des Amérindiens vu par Bartolomé de Las Casas

À ceux qui prétendent que les Indiens sont des barbares, nous répondrons que ces gens ont des villages, des cités, des rois, des seigneurs et leur organisation politique est parfois meilleure que la nôtre. Si l'on n'a pas longtemps enseigné la doctrine chrétienne aux Indiens, c'est une grande absurdité que de prétendre leur faire abandonner leurs idoles. Car personne n'abandonne de bon cœur les croyances de ses ancêtres. Que l'on sache que ces Indiens sont des hommes et qu'ils doivent être traités comme des hommes libres. [...]

Alors que les Indiens étaient si bien disposés à leur égard, les chrétiens ont envahi ces pays tels des loups enragés qui se jettent sur de doux et paisibles agneaux. Et comme tous ces hommes qui vinrent de Castille étaient gens insoucieux de leur âme, assoiffés de richesses et possédés des plus viles passions, ils mirent tant de diligence à détruire ces pays qu'aucune plume, certes, ni même aucune langue ne suffirait à en faire relation. [...]

Voici les causes pour lesquelles, dès le commencement, furent tuées tant et tant de personnes : en premier lieu, tous ceux qui sont venus ont cru que, s'agissant de peuples infidèles, il leur était loisible de les tuer ou de les capturer, de leur prendre leurs terres, leurs biens et leurs domaines, sans se faire aucune conscience de ces choses ; en second lieu, ces mêmes infidèles étaient les êtres les plus doux et les plus pacifiques du monde, totalement dépourvus d'armes ; à quoi s'est ajouté que ceux qui sont venus, ou la plupart d'entre eux, étaient le rebut de l'Espagne, un ramassis de gens convoiteux et pillards.

Bartolomé de Las Casas, *Très brève relation de la destruction des Indes*, 1552.

1. Présentez les 2 documents.

2. Rappelez le contexte qui justifie cette assemblée.

3. Quels sont les arguments en faveur de la guerre contre les Indiens ?

4. Quels sont les arguments contre ?

Point de passage et d'ouverture
Exercice 15

Le développement de l'économie « sucrière » et de l'esclavage dans les îles portugaises et au Brésil.

Le fonctionnement des plantations

Théodore de Bry, America, 1594, gravure (coloriée plus tard), BnF, Paris.

Les plantations vues par un jésuite

Dans chacune (des plantations), il y avait généralement six, huit ou plus de foyers de blancs, et au moins soixante esclaves, nécessaire pour le service quotidien, mais la plupart ont cent à deux cents esclaves de Guinée et du pays. (...) L'ouvrage est généralement commencé à minuit et se termine le lendemain vers trois ou quatre heures de l'après-midi. (...) Le travail est insupportable, les serviteurs toujours à l'ouvrage, et par conséquent de nombreux esclaves en meurent.

Fernao Cardim, *Traité sur le pays et les habitants du Brésil*, début du XVIIe siècle.

1. Rappelez les origines du commerce triangulaire.

2. Rappelez les nouveaux produits découverts en Amérique.

3. Décrivez les conditions de travail sur les plantations sucrières.

4. Qui a découvert le Brésil et pour quel pays ?

Point de passage et d'ouverture
Exercice 16

L'or et l'argent, des Amériques à l'Europe

Une société bouleversée par la recherche du profit

« Depuis soixante-dix ans que l'on a découvert les Indes occidentales, les occasions et la facilité d'acquérir de grandes richesses ont tellement augmenté que cela a incité quelques-uns des princes à devenir marchands, considérant les immenses bénéfices qu'offrait cette activité (...). C'est ainsi que, depuis cette époque, le nombre des marchands de cette ville a considérablement augmenté et leurs biens et leur fortune se sont accrus de façon innombrable. Leur état s'est anobli et amélioré (...) car les nobles, par avarice ou par nécessité, se sont abaissés, sinon à commercer, du moins à s'allier à des familles de commerçants, et les marchands avides de noblesse se sont efforcés de monter dans la société et ont fondé de solides majorats[1]».

Tomàs de Mercado, Suma de Tratos y Contratos, Séville, 1569, cité dans Carlos Martinez Shaw (dir.), *Séville XVIe siècle, de Colomb à Don Quichotte, entre Europe et Amériques, le cœur et les richesses du monde*, Autrement, 1992.

[1] Revenus liés à un titre de noblesse

L'arrivée de la flotte des Indes à Séville

Huile sur toile anonyme, XVIe siècle, Madrid, musée des Amériques.

1. Qu'est-ce qui fait la prospérité de la ville ?

2. Quels sont les effets de la prospérité sur la société sévillane ?

3. Citez d'autres villes ibériques qui ont bénéficié des richesses venues des Amériques.

4. Rappelez quelles sont les nouvelles richesses venues d'Amérique.

DEUXIÈME LEÇON

Renaissance, Humanisme et réformes religieuses : les mutations de l'Europe

Objectifs

Ce chapitre vise à montrer comment l'effervescence intellectuelle et artistique de l'époque aboutit à la volonté de rompre avec le « Moyen Âge » et de faire retour à l'Antiquité.

- l'imprimerie et les conséquences de sa diffusion ;
- un nouveau rapport aux textes de la tradition ;
- une vision renouvelée de l'homme qui se traduit dans les lettres, les arts et les sciences ;
- les réformes protestante et catholique qui s'inscrivent dans ce contexte.

La Renaissance est une période qui se situe à cheval entre la fin du Moyen Âge et le début de l'époque moderne. Elle s'étale du XVe au XVIe siècle et prend son essor d'abord en Italie puis se répand dans toute l'Europe grâce à l'invention de l'imprimerie. Les humanistes diffusent une nouvelle vision du monde, centrée sur l'homme et non plus uniquement sur Dieu. Les réformateurs religieux modifient le rapport de l'homme à la foi. Enfin, les artistes, encouragés par les mécènes, renouvellent en profondeur l'architecture, la peinture et la sculpture en se référant aux modèles antiques.

A - L'humanisme : une nouvelle vision du monde

1. Des érudits admirateurs de la culture antique

Les **humanistes** pensent que la culture antique est supérieure à celle du Moyen Âge. Ils critiquent l'éducation donnée dans les universités qui consistait, essentiellement, à commenter des textes reconnus par l'Église.
Les **humanistes** tels Pétrarque (1303-1374) ou Boccace (1313-1375) ont dès le XIVe siècle, opéré un retour à la culture antique : ils se sont mis à rechercher et à lire les œuvres des auteurs grecs et latins, notamment Platon et Cicéron. Ainsi, l'humanisme apparaît-il comme un réveil de la culture.

Pour étudier les œuvres de l'Antiquité, les **humanistes** ont appris le latin, le grec et parfois l'hébreu pour la lecture de l'Ancien Testament. Ils passaient beaucoup de temps dans leur cabinet de travail à lire, à traduire et à commenter les textes anciens. Ils partaient également à la recherche de textes inconnus ou inédits, en se rendant en particulier dans des monastères où ceux-ci avaient parfois été conservés. Comme Érasme (voir doc. 1) ou Montaigne, ce sont d'infatigables travailleurs qui n'hésitent pas à se déplacer, à voyager pour découvrir de nouveaux textes mais aussi pour se rencontrer et échanger.

2. Une nouvelle vision de l'Homme

La culture médiévale était dogmatique, c'est-à-dire qu'elle devait se conformer à la doctrine de l'Église. Elle était inséparable de la religion chrétienne. Très vite, les **humanistes** se détachèrent de cette culture chrétienne, sans pour autant la renier.

La confrontation des textes antiques développa chez eux l'esprit critique. Leur intérêt pour les œuvres de l'Antiquité ne reposait pas uniquement sur la forme (vocabulaire, style, construction des phrases...) mais aussi et peut-être surtout sur les idées : ils voulaient avoir la possibilité de les étudier, de les commenter, sans être tenus par un système de pensée qui leur était imposé.

Les **humanistes** croyaient en la grandeur de l'Homme, en son intelligence. Ils pensaient que l'Homme atteindrait son plein épanouissement de deux façons :

- Par le développement de son instruction et de sa culture qui devait devenir la plus vaste possible, en particulier grâce à l'étude de la pensée antique (voir texte de Rabelais en fin de leçon).
- Par son action et son engagement en particulier dans la vie publique. Il devait ainsi concourir au bien commun.

En résumé : Pour les **humanistes**, l'Homme est libre de penser et d'agir mais cette liberté lui vient de Dieu. Les humanistes ne sont donc pas en contradiction avec l'Église mais par la place qu'ils accordent à l'Homme et la vision optimiste qu'ils ont du monde, ils développent une culture qui est à l'opposé de la culture médiévale.

3. L'Humanisme, un courant de pensée qui part d'Italie et se diffuse en Europe

Au XVe siècle, beaucoup de villes italiennes (Venise, Florence...) sont prospères, en particulier grâce au commerce. Les princes qui les gouvernent sont aussi des **mécènes**. Ils cherchent à entretenir autour d'eux une vie intellectuelle et artistique brillante. Ils font acheter de nombreux manuscrits et constituent ainsi des bibliothèques qui attirent les plus grands humanistes. Ce fut le cas des papes Nicolas V et Sixte IV à Rome et de la famille des Médicis à Florence.

Ainsi, Marcil Ficin (1433-1499), théologien et philosophe, est encouragé dans ses recherches par Laurent le Magnifique (un Médicis) et fonde à Florence « l'académie Platonicienne » par référence à l'école ouverte par Platon à Athènes.

Au XVIe siècle, le roi François Ier et sa sœur Marguerite de Navarre jouèrent un grand rôle dans la diffusion de l'Humanisme en France. Ainsi fut créé le « Collège de France » où des professeurs réputés enseignaient le latin, l'hébreu, le grec et la philosophie dans une grande indépendance d'esprit. À partir de ce centre intellectuel, de nombreuses écoles se développèrent favorisant l'étude des langues anciennes, ce qui permit d'enrichir et de préciser la langue française.

Quelques exemples d'**Humanistes** français : Jean Amyot (traducteur), du Bellay (poète) auteur de *Défense et Illustration de la Langue Française*, Rabelais (médecin et écrivain) et Montaigne (écrivain, philosophe).

Grâce à l'emploi de la langue latine, qu'ils ont tous en commun, les humanistes peuvent communiquer entre eux à travers l'Europe. Ainsi se constitua une « **République des lettres** » qui rassemblait l'élite intellectuelle européenne. Les humanistes prennent ainsi l'habitude de voyager et de se rencontrer (cf. les récits de voyages de Montaigne en Allemagne... dans ses *Essais*).

Toutefois, Érasme (1469-1536), « prince des humanistes », auteur de *L'Éloge de la Folie*, est resté le plus célèbre des **humanistes** européens. Né aux Pays-Bas, il vécut successivement à Paris, Florence, Rome, Londres puis Bâle où il mourut. Au cours de ses nombreux déplacements en Europe (voir document en ouverture de chapitre), il eut l'occasion de rencontrer les grands personnages de son temps, en particulier des écrivains et des intellectuels, entretenant avec eux une abondante correspondance.

Vocabulaire

Humaniste : Lettré et savant qui valorise la place de l'Homme par la redécouverte des savoirs de l'Antiquité.

Mécène : de Mécène, chevalier romain qui à l'époque de l'Empereur Auguste, protégeait des artistes comme Horace. Protecteur de lettrés et d'artistes. Il leur permet de se consacrer à leurs travaux sans se préoccuper des questions matérielles. En retour, les lettrés et artistes doivent servir la gloire de leurs mécènes. Le mécène pratique le mécénat.

République des lettres : Réseau européen de lettrés et de savants animés par des voyages et des correspondances dans une langue commune, le latin.

Exercice 17

Questions de cours

1. Sur quels auteurs les humanistes se basent-ils ?

2. Que reprochent-ils à la culture savante médiévale ?

3. Les humanistes sont-ils en opposition avec l'Église ?

4. Qu'est-ce que la République des Lettres ?

Je décris une Éducation humaniste selon Rabelais

Une connaissance universelle ?

J'entends et veux que tu apprennes les langues parfaitement. Premièrement la grecque, comme le veut Quintilien, secondement la latine, et puis l'hébraïque pour les saintes lettres, et la chaldaïque et arabique pareillement ; et que tu formes ton style quant à la grecque, à l'imitation de Platon, quant à la latine, de Cicéron. Qu'il n'y ait histoire que tu ne tiennes en mémoire présente (...) Des arts libéraux, géométrie, arithmétique et musique, je t'en donnai quelque goût quand tu étais encore petit, en l'âge de cinq à six ans ; poursuis le reste, et d'astronomie saches-en tous les canons ; laisse-moi l'astrologie [...] comme abus et vanité.
Et quant à la connaissance des faits de nature, je veux que tu t'y adonnes curieusement : qu'il n'y ait mer, rivière ni fontaine, dont tu ne connaisses les poissons, tous les oiseaux de l'air, tous les arbres, tous les arbustes et buissons des forêts, toutes les herbes de la terre, tous les métaux cachés au ventre des abîmes, les pierreries de tout Orient et Midi, rien ne te soit inconnu.
Puis soigneusement revisite les livres des médecins grecs, arabes et latins, et par fréquentes anatomies acquiers-toi parfaite connaissance de l'autre monde, qui est l'homme. Et par lesquelles heures du jour commence à visiter les saintes lettres, premièrement en grec le Nouveau Testament et Épitres des Apôtres et puis en hébreu le Vieux Testament. [...] Et quand tu connaîtras que tu auras tout le savoir de par-delà acquis, retourne vers moi, afin que je voie et donne ma bénédiction avant de mourir.

François Rabelais, *Pantagruel*, chap. VIII, 1532.

Dans ce texte Rabelais préconise également les exercices physiques afin de développer selon le principe de Juvénal « mens sana in corpore sana » un esprit sain dans un corps sain.

1. Présentez le texte.

2. Quelles sont les disciplines enseignées ?

3. Quelle discipline doit être négligée ? Pourquoi d'après vous ?

4. Pourquoi peut-on dire qu'il s'agit d'une éducation humaniste ?

B - L'imprimerie favorise la diffusion de l'Humanisme en Europe

Objectifs

- Comprendre le fonctionnement d'un atelier d'imprimeur.
- Expliquer le rôle de l'atelier d'imprimeur dans la diffusion de l'Humanisme en Europe.

1. Un procédé mis au point par Gutenberg

Au Moyen Âge les textes étaient écrits à la main, généralement par des moines copistes. Ils écrivaient sur des parchemins (peaux d'animaux). Les **manuscrits** étaient donc rares et coûteux. Les livres étaient considérés comme des objets précieux que l'on pouvait même revendre à bon prix en cas de besoin d'argent.
Dès le XIVe siècle fut mise au point la gravure sur bois : grâce à des planches en bois gravées, on put imprimer les premiers livres d'une qualité souvent médiocre. Quelques années plus tard des caractères mobiles furent utilisés, ce qui permettait de reconstituer plus rapidement. Simultanément se répandit en Occident l'usage du papier, beaucoup moins coûteux que le parchemin.

C'est Gutenberg qui perfectionna le procédé. Les caractères en bois étaient fragiles et se déformaient facilement. On eut alors l'idée de les remplacer par des caractères en métal, fondus dans des moules. Ainsi, vers 1450, Gutenberg imprima son premier livre, la Bible, à l'aide de **caractères mobiles** en plomb.

L'invention se répandit alors très rapidement à partir de Mayence en Allemagne, puis dans toute l'Europe dans la deuxième moitié du XVe siècle, dans toutes les grandes villes.

2. Les imprimeurs, vecteurs de diffusion de l'Humanisme en Europe

Avec la mise au point de l'imprimerie, les textes deviennent accessibles à un public beaucoup plus large. En se diffusant à plusieurs milliers d'exemplaires, leur prix baissent. Les ouvrages des humanistes peuvent ainsi se diffuser.

Le livre imprimé propose une façon de penser plus rationnelle. L'ouvrage est désormais mieux structuré en

chapitres, en parties avec une table des matières permettant d'accéder directement à l'information recherchée.
Les imprimeurs cherchent à s'installer dans les grandes villes universitaires. Ils sont ainsi directement en contact avec les humanistes, et leurs ateliers constituent de véritables pôles de diffusion de l'humanisme en Europe. Ainsi, l'atelier d'Alde Manuce à Venise accueille Érasme. Christophe Plantin fonde son imprimerie à Anvers en 1549. Il se met au service du roi d'Espagne et fait imprimer une Bible polyglotte, rendant sa lecture plus directe pour ceux qui ne maîtrisent pas le latin.

Vocabulaire

Caractères mobiles : Pièces de métal qui, une fois assemblées, permettent de composer un texte prêt à être imprimé.

Manuscrit : Ouvrage écrit à la main.

Exercice 18

1. Qui a mis au point l'imprimerie ? Où ? Quand ?

2. Quel fut le premier livre imprimé ?

3. Pourquoi l'imprimerie a-t-elle profondément modifié le rapport au livre ?

4. Quel lien peut-on établir entre la diffusion de l'humanisme et l'imprimerie en Europe ?

C - La crise religieuse et l'expansion de la Réforme et du protestantisme en Europe

Objectifs

- Comprendre le rôle de Luther dans le développement de la Réforme.
- Décrire les particularités de la religion protestante.

Les humanistes étaient conscients que les croyants étaient très inquiets pour le salut de leur âme, en ces temps de guerres et d'épidémies. Toutefois, l'Église n'apportait pas de réponse satisfaisante et beaucoup pensaient qu'elle avait besoin d'être réformée.

Selon les humanistes, l'Église s'était trop éloignée de la Bible et du message évangélique. Ils revendiquaient une religion plus simple, individuelle, un rapport plus direct à Dieu à travers la prière et la Bible. Des humanistes comme Jacques Lefèvre d'Étaples dénonçaient aussi un certain nombre d'abus :

- Le pape et les évêques étaient plus intéressés par la richesse, le luxe et le pouvoir que par le service de la religion et de Dieu (cf. Alexandre VI Borgia…).

- Le bas-clergé (prêtres) était trop ignorant et souvent absentéiste. Il répondait mal aux préoccupations spirituelles de ses fidèles.
- Le clergé avait pris l'habitude de vendre des **sacrements**, ainsi que des **Indulgences.**

D - Luther et les débuts de la réforme

Au début du XVIe siècle, un moine allemand, Martin Luther, formula le principe de la « justification par la foi » : cela signifie que seule la foi en Dieu permet d'obtenir le salut de son âme. Les bonnes actions (offrandes, pèlerinages, culte des saints...) ne peuvent pas faciliter le Salut. En 1517, Luther afficha publiquement ses idées et dénonça la vente des **Indulgences.** En 1520, il fut excommunié par le Pape. Les thèses de Luther obtinrent alors rapidement un grand succès dans la plupart des États allemands ainsi que dans les pays scandinaves.

Ainsi, une nouvelle Église était née : la religion Réformée.

On utilise le terme protestant après 1527 lorsque les princes réformés d'Allemagne du Nord eurent protesté de leur bon droit auprès de l'Empereur Charles Quint.

Les protestants sont des chrétiens, mais qui se différencient des catholiques sur plusieurs points :

- Ils ne gardent que deux **sacrements** : baptême, communion.
- Ils rejettent le culte de la Vierge et des saints.
- Il n'y a pas à proprement parler de clergé, mais des pasteurs qui peuvent se marier.
- Les offices religieux consistent à lire et à commenter la Bible ainsi qu'à chanter des cantiques.

La réforme calviniste

Un humaniste français, Jean Calvin, adopta les idées de Luther et impose une théocratie (dictature religieuse). Pour échapper aux persécutions en France, il s'installa à Genève où il définit sa propre doctrine. Celle-ci repose sur la notion de prédestination. En effet, selon Calvin, chaque être humain a été choisi par Dieu, avant sa naissance, pour être sauvé (aller au paradis) ou pour être damné (aller en enfer).
D'abord répandues en Suisse, les idées de Calvin se diffusent ensuite dans le sud de la France et en Écosse.

E - La Contre-réforme catholique

Face au succès de la réforme protestante, et menacée dans son existence même, la religion catholique a cherché à réagir. Elle l'a fait de deux façons différentes :

- En contrant le protestantisme : ce fut en partie l'œuvre de la Compagnie de Jésus, créée par Ignace de Loyola en 1534. Ses membres, les Jésuites, ouvrirent de nombreux collèges dans différents pays, pour éduquer les jeunes dans la religion catholique. Un tribunal religieux, l'Inquisition, condamne les protestants comme hérétiques (Concile dit de la Contre-réforme).
- En rénovant le catholicisme : ce fut l'œuvre du concile de Trente (1545-1563). Cette réunion de tous les évêques réprima les abus les plus criants de l'Église et améliora la formation des prêtres. Le culte de la Vierge et des saints est confirmé ainsi que le célibat des prêtres.

Ainsi, l'Europe est à la fin du XVIe siècle profondément divisée sur le plan religieux : cette division prendra un tour tragique lors des guerres de religions qui marquèrent particulièrement la France.

Vocabulaire

Indulgence : Pardon de ses péchés contre une certaine somme d'argent reversée à l'Église.

Sacrement : Acte ou cérémonie religieux réalisé par le prêtre sur le fidèle. Dans la religion catholique, on compte sept sacrements (baptême, communion, mariage, pénitence, extrême onction, Eucharistie, ordination).

Exercice 19

Questions de cours

1. Quels étaient les reproches adressés au clergé catholique ?

____

____

2. Qui est le personnage fondateur de la religion Réformée protestante ?

____

3. Citez trois caractéristiques de la religion Réformée protestante.

____

____

4. Comment réagit l'Église catholique pour limiter les conversions au protestantisme ?

____

____

Luther dénonce le scandale des Indulgences et s'oppose au Pape Léon X Médicis

« À tout chrétien vraiment repentant, la rémission plénière de la pénitence et même du péché est due sans lettres d'indulgence. Il faut enseigner aux chrétiens que celui qui voit un nécessiteux et qui, sans avoir souci de lui, donne pour la rémission de ses propres fautes, celui-là s'attire non les indulgences du pape, mais l'indignation de Dieu.

C'est pourquoi les prédicateurs de l'indulgence sont dans l'erreur quand ils disent que les indulgences du pape délivrent l'homme de toutes les peines et le sauvent. Pourquoi le pape, dont le sac est aujourd'hui plus gros que celui des plus riches, n'édifie-t-il pas au moins cette basilique de Saint-Pierre avec ses propres deniers, plutôt qu'avec l'argent des pauvres fidèles ? Tout vrai chrétien, vivant ou défunt, participe à tous les biens du Christ et de l'Église, par la grâce de Dieu, et sans lettres d'indulgence. Les indulgences, dont les prédicateurs prônent à grands cris les mérites, n'en ont qu'un, celui de rapporter de l'argent (...). »

Extraits de Martin Luther, 95 thèses, 1517.

Quelques thèses affichées le 31 octobre 1517 à la porte de l'église du château électoral de Wittenberg.

6. Le pape ne peut pardonner les péchés qu'au nom de Dieu.
27. C'est une invention humaine de prêcher que, sitôt que l'argent résonne dans la caisse, l'âme s'envole du purgatoire.
28. Assurément, sitôt que l'argent résonne dans la caisse, le gain et la cupidité augmentent. Mais le salut que peut accorder l'Église consiste dans la grâce de Dieu.
32. Tous ceux qui pensent gagner le ciel moyennant les lettres de pardon délivrées par les hommes s'en iront en enfer avec ceux qui les endoctrinent ainsi.
43. On doit enseigner aux chrétiens que celui qui fait du bien aux pauvres est à préférer à celui qui achète des indulgences.
62. Le vrai trésor de l'Église, c'est le saint Évangile de la gloire et de la grâce de Dieu.
83. Pourquoi le pape, dans sa très sainte charité, ne vide-t-il pas le purgatoire, où tant d'âmes sont en peine? Ce serait là exercer plus dignement son pouvoir que de délivrer les âmes à prix d'argent.

Tiré de *Luther d'après Luther*, fragments extraits de ses œuvres par G. A. Hoff, Lausanne, 1887, pp. 67-69.

Questions

1. Rappelez ce que sont les Indulgences.

2. À qui Luther s'en prend-il directement ?

3. Comment peut-on accéder au salut pour Luther ?

4. Quelles furent les conséquences de la publication de ces deux textes ?

Point de passage et d'ouverture
Exercice 20

1508 – Michel-Ange entreprend la réalisation de la fresque de la Chapelle Sixtine.

La création d'Adam, détail de la fresque du plafond de la Chapelle Sixtine peinte par Michel-Ange à la demande du pape Jules II. 1508-1512, Vatican, Rome.

1. Dans quels domaines de l'art Michel-Ange a-t-il travaillé ?

2. Dans sa peinture et sa sculpture, que cherche avant tout à représenter Michel-Ange ?

3. Montrez l'influence de l'Antiquité gréco-romaine dans les œuvres de Michel-Ange.

4. Dans quel grand texte découvre-t-il ses inspirations ?

5. Quel est le détail emblématique de cette œuvre ?

Exercice 21

Érasme, prince des humanistes

Érasme par Holbein le Jeune, 1523.

L'éducation « humaniste »

Érasme dresse le portrait de l'un de ses anciens élèves, qu'il présente comme un modèle à suivre.

« Il était taillé en héros, avec un esprit tempéré mais non moins vif dans l'acquisition de tous les genres de connaissances. Il s'exerçait sous ma direction à la littérature grecque. Quel esprit prompte et quelle facilité dans l'assimilation d'une idée, quelle capacité pour retenir tant de connaissances : En même temps, il étudiant les sciences juridiques, (le droit), il suivait les leçons de rhétoriques, et sur un thème proposé, écrivait et déclamait un discours. Il étudiait le grec et chaque jour, répétait la leçon qui lui avait été donné. L'après-midi, il consacrait ses soins à la musique. Même le temps des repas, il le consacrait à l'étudie. Il n'y avait pas la moindre portion de son existence où il fit relâche de ses études sinon celle qu'il consacrait au service de Dieu et au sommeil. C'est ainsi qu'un tout jeune homme, à peine âgé de dix-huit ans, parvint dans toutes les branches du savoir à une maîtrise qu'on eût admirée chez n'importe quel homme fait ».

Érasme, *Les Adages*, 1500.

1. Pour Érasme, qu'est-ce qui est admirable chez un homme ?

2. Pourquoi dit-on qu'Érasme est l'âme de la « République des Lettres » ?

3. Quels sont les liens et les échanges entre Érasme et Luther ?

4. En quoi Érasme est-il un pacifique ?

TROISIÈME LEÇON

Territoires, populations et développement : quels défis ?

Questions
- Des trajectoires démographiques différenciées : les défis du nombre et du vieillissement.
- Développement et inégalités.

Commentaire
Ce thème interroge la notion de transition tant d'un point de vue notionnel (transition démographique, transition économique) que d'un point de vue contextuel, en cherchant à différencier les territoires. Il s'agit de réfléchir aux enjeux liés au développement différencié de la population dans le monde, en questionnant la relation entre développement et inégalités.
Une démarche comparative permet de mettre en évidence le fait qu'il n'existe pas un modèle unique de développement, mais une pluralité de trajectoires territoriales démographiques et économiques, liées à des choix différents, notamment politiques.

Études de cas possibles
- Développement et inégalités au Brésil.
- Les modalités du développement en Inde.
- Développement et inégalités en Russie.
- Les enjeux du vieillissement au Japon.

Question spécifique sur la France
La France : dynamiques démographiques, inégalités socioéconomiques.

Commentaire
Au-delà des processus de vieillissement et d'accroissement de la richesse d'ensemble – sensibles à l'échelle mondiale comme à l'échelle nationale – les territoires de la métropole et de l'Outre-mer sont marqués par la diversité des dynamiques démographiques et une évolution différenciée des inégalités socio-économiques. Des actions nationales et européennes sont mises en œuvre pour y répondre.

Trois milliards d'habitants en 1960, près de 8 milliards aujourd'hui (7.7 milliards exactement). En quelques décennies, la Terre a changé d'échelle et la question de la démographie est devenue décisive. Mais ce développement démographique n'a pas évolué de façon identique sur l'ensemble des territoires. L'enjeu démographique joue un rôle fondamental dans le développement économique des pays ainsi que dans les inégalités existantes. Il s'agit de ne pas caricaturer les modèles connus, entre pays dits développés et en voie de développement, les situations particulières étant beaucoup plus complexes. Une démarche comparative nous aidera à aborder la pluralité de ces particularités liées souvent à des politiques différentes.

I - Population mondiale : les défis du nombre et du vieillissement

A - Une population toujours plus nombreuse, mais inégalement répartie

La répartition démographique sur la Terre est inégale, elle l'a toujours été et le reste aujourd'hui. Toutefois, ces inégalités de répartition de la population ont évolué. Alors qu'en 1900, l'Europe et la Russie constituaient 20 % de la population mondiale, la transition démographique prévoit aujourd'hui que la population des pays développés devrait progresser très faiblement, passant de 1.23 milliards à 1.25 en 2050.

Pour la même date, on prévoit que la population des pays actuellement en développement devrait atteindre 7.9 milliards d'habitants. On distingue deux géants démographiques, la Chine avec près de 1,4 milliards et l'Inde qui la talonne, prête à la dépasser avec un tout petit moins d'habitants.

Les grands foyers de peuplement mondiaux que constituent les zones de forte densité se situent en Asie. L'Asie du Sud et orientale cumulent à elles deux 3,4 milliards d'êtres humains. L'Europe les suit de très loin avec 750 millions, puis les pays du Golfe, le Proche-Orient.

À une autre échelle, la population se concentre dans les grandes agglomérations urbaines et sur les littoraux alors que les zones de faibles densités concentrent des difficultés climatiques et de relief principalement.

B - Des espaces en voie de transition

Rappelons que **la transition démographique** est le passage d'un régime démographique traditionnel (forte mortalité et forte fécondité) à un régime démographique moderne caractérisé par une faible mortalité et une basse fécondité. Si les pays développés (Europe, Japon, les « quatre dragons », États-Unis) ont achevé leur transition démographique depuis longtemps, d'autres pays comme ceux d'Amérique Latine, d'Afrique du Nord et du Moyen-Orient ainsi que ceux d'Asie de l'Est, sont en train de vivre la seconde phase de leur transition démographique. Leur taux de mortalité et leur taux de natalité sont en baisse.

Les pays développés, confrontés à un faible taux d'accroissement de leur population, voient celle-ci vieillir et se réduire. En effet, la baisse du taux de fécondité, combinée à l'augmentation de l'espérance de vie, entraîne un vieillissement de la population.

Si la situation actuelle devait perdurer, la répartition de la population mondiale se modifierait. Les Africains pourraient représenter le tiers de la population à la fin du XXIe siècle et l'Inde deviendrait le pays le plus peuplé du monde devant la Chine et le Nigeria.

C – Développement et inégalités

La population d'un pays constitue un élément fondamental dans sa capacité de développement économique. Les pays du Sud doivent relever le défi du nombre alors que les pays développés doivent relever celui de la recherche d'une main-d'œuvre.

Pour les pays du Sud, l'autre défi à relever est celui de former cette population afin qu'elle puisse jouer un rôle dans le développement économique du pays.

Pour les pays en développement, confrontés au problème de renouvellement des générations, le problème est inverse, le vieillissement se poursuit. L'ONU prévoit un nombre de personnes âgées de 65 ans ou plus de 727 millions en 2020, soit 9,3 % de la population mondiale, avec une progression en 2050 de 1,54 milliard puis en 2100 de 2.45 milliards.

Cette augmentation de la proportion des personnes âgées s'accompagne d'une baisse de celle des 25-64 ans. Par conséquent, le rapport entre retraités et actifs est modifié et a des conséquences sur la production économique et sur le financement des retraites.

L'accueil d'immigrés peut en partie résoudre le problème de la main-d'œuvre dans les pays développés en compensant leur déficit démographique. Ces derniers n'ont pas tous la même politique à ce sujet. Le Japon par exemple a fait le choix de leur fermer ses frontières.

II - Le cas français

A – La diversité démographique

En 2020, la France compte 67 millions d'habitants (65 millions en métropole, 2 millions en Outre-mer) et est le deuxième pays le plus peuplé de l'Union européenne apFranceemagne. Pays de l'Europe oFrancetale, la France, à l'exception de nombre de ses voisins, a su conserver jusqu'à peu un taux de fécondité plus élevé. Son solde naturel est de 200 000 naissances de plus que de décès. Enfin, le solde migratoire reste positif avec 66 000 arrivées de plus que de départs, ce qui donne une présence de 4 millions dFrancegers vivant en France correspondant à 6 % de la population.

La population française se situe majoritairement dans Franceandes métropoles. En France, on trouve sept aires urbaines (formées d'un espace urbanisé autour d'une grande ville, comportant sa banlieue et ses aires périurbaines) de plus d'un million d'habitants. Celle de Paris en compte 11 millions correspondant à 1/6e de l'ensemble de la population, suivie par celle de Lyon, Marseille, Toulouse, Bordeaux, Lille et Nice. D'anciennes communes rurales forment désormais les zones périurbaines de ces aires urbaines.

De même, les littoraux et les vallées fluviales accueillent une forte population.

A contrario, le reste du territoire, le centre du pays aux massifs montagneux correspondant à ce que l'on a pu appeler « la diagonale du vide », la Corse ou encore la Guyane, n'attirent pas autant les populations.

B – Analyse et évolution des inégalités socio-économiques

Force est de constater que les inégalités sont en hausse en France, pays qualifié de moyennement inégalitaire (indice de Gini). Le taux de pauvreté, après prestations sociales, est de 13.7 % et est en augmentation. Parallèlement, le niveau de vie des plus aisés s'est accru.

Le revenu médian en France est de 1 800 euros. On constate des inégalités qui génèrent des traitements discriminatoires qui visent l'origine, le genre, la religion, le handicap, le sexe. Rappelons que le salaire des hommes est en moyenne supérieur de 20 % à celui des femmes.

Les inégalités subies par les Français se répercutent sur leur lieu de vie. Les plus pauvres se retrouvent soit en milieu rural, soit à la très éloignée périphérie des villes. On parle alors d'inégalités « socio-spatiales ».

Sans surprise, les régions les plus riches en France sont l'Île-de-France, Auvergne Rhône Alpes et la région PACA qui accueillent les métropoles que nous avons citées plus haut.

Mais les pôles urbains accueillent des habitants aux revenus différents, entraînant une ségrégation socio-spatiale voire socio-ethnique, les inégalités y augmentent le plus.

Exercice 22

1. Qu'est-ce que le seuil de renouvellement de la population ?

____

2. Donnez des exemples de discrimination.

____

3. Rappelez les 7 aires urbaines françaises.

____

____

4. Rappelez les deux géants démographiques et le chiffre de leur population. Leur rang sera-t-il maintenu dans les années à venir ?

____

5. Quel pays africain a la population la plus élevée ?

____

Vocabulaire

Vieillissement : trajectoire démographique d'une population dont l'âge moyen augmente.

Métropole : grande ville concentrant la population, les activités et les fonctions de commandement et exerçant une influence sur le territoire qui l'entoure.

Périurbanisation : extension des espaces urbains en périphérie des agglomérations.

Héliotropisme : L'héliotropisme est une forme de migration qui peut être interne (si cela se limite au niveau national) comme externe (si cela s'ouvre à d'autres pays) et qui est liée à l'attirance des populations vers des régions plus ensoleillées.

Ségrégation socio-spatiale : séparation des habitants dans différents quartiers en fonction de leurs revenus ou de leur catégorie sociale, culturelle ou ethnique.

Indice de Gini : indicateur des inégalités de revenus, qui varie entre 0 (égalité parfaite des revenus) et 1 (inégalité la plus grande).

Gentrification : phénomène d'appropriation progressive par les catégories sociales aisées de quartiers «pauvres » généralement proches des centres-villes. Elle provoque le déplacement des populations moins favorisées vers les périphéries.

Collectivités territoriales : structures administratives qui ont la charge des intérêts de la population et de la gestion d'un territoire (commune, département, région...).

Désindustrialisation : le fait que les emplois industriels soient supprimés dans un territoire où ils étaient nombreux.

Exercice 23

Étude de cas sur le développement des inégalités en Russie

Document 1 - Russie : forte pauvreté et grandes inégalités

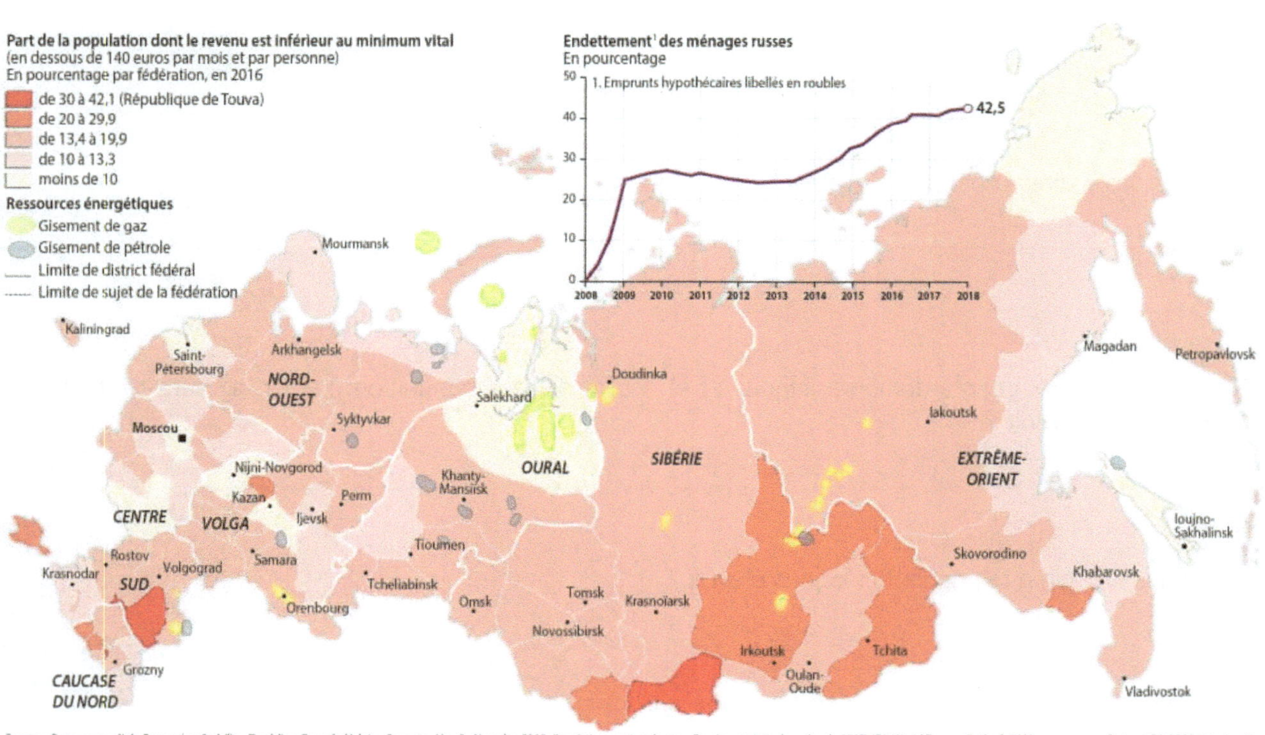

Cartographie de Laura Margueritte - 9 octobre 2019

Document 2

La Russie est la onzième puissance économique mondiale en matière de PIB (1 578 milliards de dollars en 2017, selon la Banque mondiale), une puissance aussi remarquée tant diplomatiquement que militairement. Pourtant, la fédération connaît une répartition des richesses parmi les plus inégales de la planète.

Selon Eurostat, le taux de pauvreté s'élevait à 17,3 % en 2016 dans l'Union européenne (UE) ; il était de 13,6 % en France. Ce calcul se base sur la population vivant avec moins de 60 % du revenu médian du pays. En Russie, la méthode diffère. Sont considérées comme pauvres les personnes dont les salaires mensuels sont inférieurs au minimum vital, soit environ 140 euros. Ainsi, après être monté jusqu'à 15 % au premier trimestre 2017 à la suite de l'effondrement des cours du pétrole et des sanctions internationales, le taux de pauvreté est redescendu à 13,6 % au deuxième trimestre 2018. Cela concernerait donc 19 millions de Russes sur les 143,99 millions d'habitants (2017) ; mais, dans la réalité, on serait plus proche des 43 millions avec les critères d'Eurostat.

Le président, Vladimir Poutine (depuis 2012), a annoncé en mars 2018 son intention de réduire de moitié la pauvreté d'ici à 2024. Cependant, si le nombre de pauvres a diminué de 1,1 million sur la première moitié de 2018, l'objectif sera impossible à atteindre. Car la politique actuelle ne va pas dans ce sens. Le dirigeant protège son électorat en freinant la libéralisation de l'économie russe, éloignant les investisseurs. De fait, la croissance annuelle moyenne est faible (1,5 % en 2017).

Hausse des prix et disparités

Le pays connaît également une forte inflation. Entre avril 2018 et février 2019, elle est passée de 2,4 à 5,2 %, mais reste toujours en deçà de la crise de 2015, quand elle était montée jusqu'à 14,9 % (février). L'augmentation au 1er janvier 2019 de la TVA, passant de 18 à 20 %, n'a pas arrangé la situation et nombreux sont les Russes qui se plaignent des prix élevés qui amputent un peu plus leur budget. La Russie est un État où les inégalités sont profondes. En 2018, 10 % des personnes les plus riches détenaient 82 % des richesses, un record parmi les pays développés. Cette répartition inégalitaire, accentuée par la corruption, augmente avec l'affaiblissement du cours du rouble, depuis 2014, pénalisant fortement les classes moyennes.

Le territoire reflète ces disparités. Les régions de l'est et du sud (Sibérie, Extrême-Orient, Caucase du Nord) continuent d'être plus pauvres que l'ouest et le nord. Cependant, le Centre du pays et la Volga présentent aussi des taux de pauvreté élevés. Les zones rurales et les petites villes sont plus touchées, tout comme celles de moins de 100 000 habitants par rapport aux métropoles, qui concentrent néanmoins la misère et la grande richesse.

L'importance de cette pauvreté peut également se voir dans l'espérance de vie, qui était, en 2016, selon l'OCDE, de 71,8 ans, une moyenne en dessous des pays développés comme la France (82,4 ans) ou les États-Unis (78,6 ans).

Article paru dans la revue *Carto* n°53*, « Entre innovations et paradoxes : Demain, on mange quoi ? »*, mai-juin 2019.

Document 3

Le président russe depuis 2012 Vladimir Poutine © Администрация Президента России

Document 4

La hausse de la pauvreté en Russie force Poutine à réagir
Loin des statistiques officielles et des assurances des autorités, les méfaits de la pandémie du Covid-19 ont provoqué une crise économique et sociale en Russie. Le chef du Kremlin tance les producteurs qui ont augmenté leurs prix.
C'est, en Russie, un signe qui ne trompe pas. Pour la première fois en cinq ans, les ventes de pain sont à la hausse. (...).

Selon les statistiques gouvernementales, entre janvier et septembre, le revenu réel disponible a chuté de plus de 4 % et le nombre de Russes vivant en dessous du seuil de pauvreté a augmenté de 1,3 million au deuxième trimestre par rapport au premier. Ils représentent environ 13 % de la population. Mais, selon une récente enquête de la Fondation de l'opinion publique, la part du pays se considérant défavorisée a en fait bien plus augmenté - d'un quart en huit mois. Un tiers des Russes se disent pauvres. Ce décalage des chiffres confirme les différences de perception entre autorités et population sur la gravité de la crise.

Profond malaise économique et social
À Moscou comme en régions, ministres et gouverneurs locaux minimisent l'ampleur du malaise économico-social et assurent même souvent que le pouvoir d'achat a augmenté. Face à ce déni régulier des autorités, Vladimir Poutine s'est attaché ces dernières semaines à se montrer en défenseur de la population. *« Ce ne sont pas des blagues ! Le chômage augmente, les revenus diminuent, les produits de base sont plus chers ! »* s'est irrité haut et fort le chef du Kremlin lors d'un récent webinaire public avec son gouvernement. Quelques jours plus tôt, lors d'un rare déplacement en province loin de sa résidence moscovite, il a aussi contredit des gouverneurs régionaux lui expliquant, chiffres à l'appui, que la situation économique et sociale est bonne. (...).
Vladimir Poutine a en effet exigé d'eux *« des mesures d'urgence »*. Le président avait promis en 2018 de réduire de moitié la pauvreté d'ici à 2024 mais les méfaits de la pandémie l'ont contraint à revoir ses objectifs à la baisse. Il se donne désormais jusqu'en 2030. Pour le moment, sa priorité est de se montrer sur le front contre la hausse de prix des produits alimentaires essentiels. (...)

Par Benjamin Quenelle
Publié le 17 déc. 2020

Document 5

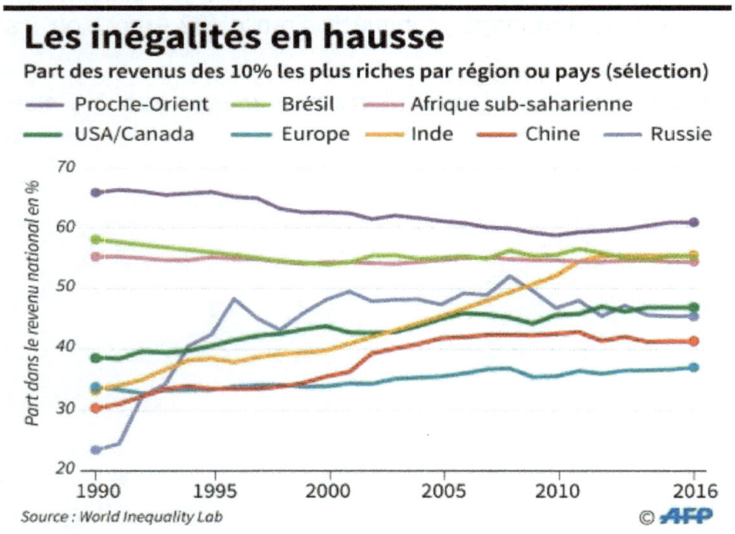

Document 6

Évolution de la population totale

Année	Population	Évolution
2006	143 049 632	
2007	142 805 120	- 0,17 %
2008	142 742 368	- 0,04 %
2009	142 785 344	+ 0,03 %
2010	142 849 472	+ 0,04 %
2011	142 960 908	+ 0,08 %
2012	143 056 383	+ 0,07 %
2013	143 347 097	+ 0,20 %
2014	143 666 931	+ 0,22 %
2015	146 267 288	+ 1,81 %
2016	146 544 710	+ 0,19 %
2017	146 804 372	+ 0,18 %
2018	146 880 400	+ 0,05 %
2019	146 780 700	- 0,07 %

Évolution de la population totale

Année	Population	Évolution

Évolution de la natalité et de la mortalité

Année	Taux de natalité (pour 1 000 habitants)	Taux de mortalité (pour 1 000 habitants)
2009	12,3	14,1
2010	12,5	14,2
2011	12,6	13,5
2012	13,3	13,3
2013	13,3	13,0
2014	13,3	13,1
2015	13,3	13,1
2016	12,9	12,9
2017	11,5	12,4
2018	10,9	12,5
2019	10,1	12,3

Démographie de la Russie — Wikipédia (wikipedia.org)

1. Quelle est l'évolution des inégalités dans le monde en général et en Russie particulièrement ?

2. En 2020, combien de Russes vivent sous le seuil de pauvreté ? Donnez et expliquez les chiffres.

3. État inégalitaire, quel est le pourcentage des plus riches ? Cette inégalité est-elle très importante ?

4. Quelle est l'évolution de la population en Russie entre 2006 et 2019 ?

5. Quelle est l'évolution de la natalité et de la mortalité en Russie entre 2009 et 2019 ?

HISTOIRE-GÉOGRAPHIE

2de

4e SÉRIE

L'ÉTAT À L'ÉPOQUE MODERNE : FRANCE ET ANGLETERRE

PREMIÈRE LEÇON

L'affirmation de l'État dans le royaume de France

DEUXIÈME LEÇON

Le modèle britannique et son influence

TROISIÈME LEÇON

Des mobilités généralisées

PREMIÈRE LEÇON

L'affirmation de l'État dans le royaume de France

Objectifs

Ce chapitre vise à montrer l'affirmation de l'État en France dans ses multiples dimensions ainsi qu'à caractériser la monarchie française.

On peut mettre en avant :
- le rôle de la guerre dans l'affirmation du pouvoir monarchique ;
- l'extension du territoire soumis à l'autorité royale ;
- le pouvoir monarchique et les conflits religieux ;
- le développement de l'administration royale, la collecte de l'impôt et le contrôle de la vie économique ;
- la volonté du pouvoir royal de soumettre la noblesse ; les limites de l'autorité royale.

Progressivement, à partir du XVIe siècle, le système féodal hérité du Moyen Âge recule, tandis que le pouvoir royal ne cesse de s'accroître. Ce renforcement de l'autorité royale, entamé depuis le XIIIe siècle, s'accélère à partir du règne de François Ier. Jusqu'à la veille de la Révolution française, le territoire du royaume s'agrandit grâce aux guerres, contribuant à l'affirmation de la monarchie absolue et aux mariages. L'État quant à lui se consolide avec le développement progressif d'un solide appareil d'État : mobilisation d'hommes et de ressources pour la guerre, stimulation de l'économie, encadrement des sujets par une administration efficace destinée à réprimer les révoltes et à optimiser les ressources fiscales. Cependant, si l'administration monarchique s'étoffe de façon considérable, des freins et des limites font obstacles au développement de l'État.
Trois rois ont marqué cette période dite moderne, c'est-à-dire entre la découverte des Amériques (1492) que nous venons d'étudier et la Révolution française qui marque la fin de la monarchie absolue : François Ier, Henri IV et Louis XIV. Ce dernier a illustré le triomphe de l'absolutisme au XVIIe siècle. Il incarna la loi, la justice et la puissance publique : « Une foi, une loi, un roi. »

I - Du prince de la Renaissance au roi absolu (1515-1661)

A - Un pouvoir royal renforcé

Le royaume de France sort exsangue de la guerre de Cent ans (1337-1453), confirmant l'intérêt de cette date – 1453 – tout aussi fondamentale que celle de 1492 (fin de la Reconquista et découverte du Nouveau monde). Rappelons qu'il s'agit non seulement de la victoire de Castillon marquant la fin de la guerre de Cent ans, mais aussi de la chute de Constantinople sous l'assaut des Ottomans, comme vu précédemment.

C'est sous le règne de François Ier (1515-1547), parallèlement à l'unification du royaume, qu'une nouvelle conception du pouvoir royal s'est mise progressivement en place, puis également sous celui de son héritier Henri II (1547-1559).

Raisons et explications du renforcement du pouvoir royal :

- La cour se sédentarise. Rappelons qu'au Moyen Âge, celle-ci était itinérante.
- La justification du pouvoir divin du roi grâce aux textes antiques redécouverts par les Humanistes comme Guillaume Budé qui affirme que le roi tient son pouvoir de Dieu.
- La Loi fondamentale fixe désormais l'ensemble des principes constitutionnels du royaume, telle la loi salique qui réserve la succession aux garçons en excluant les filles.
- La mise en place d'un gouvernement par conseils.

- La mise en place d'une politique de prestige sur le modèle du prince mécène découvert lors des guerres en Italie : constructions de châteaux (Fontainebleau), venues d'artistes tels que Léonard de Vinci.
- Des rituels solennels, tels que la cérémonie du sacre, la « joyeuse entrée », etc.
- La mise en place d'une administration pour mieux gérer le territoire où sont envoyés des maîtres de requêtes pour la levée des impôts (baillis et sénéchaux).
- Ordonnances royales fondamentales, telle celle de Villers-Cotterêts (1539) qui impose l'usage du français pour tout acte administratif et impose aux paroisses la tenue de registres d'État civil.
- La signature du concordat de Bologne en 1516. Le roi nomme désormais les évêques et les abbés.

B - Un pouvoir royal affaibli par les guerres de religion

À partir de la seconde moitié du XVIe siècle, sous le règne de Henri II, les guerres de religion (1562-1598) affaiblissent le pouvoir royal. Les Français se divisent désormais entre catholiques et protestants.

La mort accidentelle de Henri II (1547-1559) impose la régence de son épouse Catherine de Médicis, ses fils étant trop jeunes pour régner. Elle hésita entre tolérance et répression religieuse.

De plus, une fois roi, aucun des fils de Henri II, dépassés, ne sut trouver de solution pour arrêter les guerres de religion. Cet affaiblissement du pouvoir royal donna l'occasion aux grands du royaume de recouvrer une certaine indépendance et d'augmenter leur pouvoir à travers une Ligue catholique (1584) à la tête de laquelle se trouvait le duc de Guise.

Le pouvoir affaibli donna aussi aux protestants dont le plus connu fut l'amiral Coligny, l'occasion de se regrouper au sein d'une Fédération de villes indépendantes du pouvoir royal. Les guerres de religion connurent leur apogée avec le massacre de la Saint-Barthélemy (25-25 août 1572) au cours duquel, sur ordre de Charles IX, un grand nombre de protestants furent assassinés.

Massacre de la Saint Barthélémy, François Dubois, 1572-1584.

Décédés naturellement ou assassinés, les fils de Henri II disparurent sans descendance. C'est un cousin protestant, Henri de Bourbon, le futur Henri IV, qui conformément à la loi salique monta sur le trône.

Les outils du renforcement royal vus plus haut générèrent des résistances. Les parlements, les cours de justice qui jurent au nom du roi, limitent la toute-puissance royale.

La collecte des impôts suscite aussi de vives résistances car lourds et par conséquent mal compris. Des révoltes frumentaires, c'est-à-dire liées à des problèmes de subsistance, éclatent, mais ne remettent pas en cause la personne du roi.

Rappelons néanmoins que la forme la plus extrême de la contestation du pouvoir royal est le régicide. Henri III et Henri IV furent l'un et l'autre assassinés par des exaltés catholiques.

C - Les prémices de la monarchie absolue

Converti au catholicisme, Henri IV (1589-1610) se fait sacrer à Chartres et rétablit peu à peu l'autorité royale. Il met fin aux guerres de religion avec la signature de l'Édit de Nantes qui accorde la liberté de culte aux protestants mais qui satisfait aussi les catholiques. Le pouvoir royal impose la tolérance religieuse qui coûta la vie au roi, assassiné par Ravaillac.

Henri IV et son célèbre ministre Sully, surintendant des finances, relancent l'économie ; la production agricole augmente et le niveau de vie de la population s'améliore.

Pour occuper la noblesse, Henri IV, stratégie éprouvée, engage la France dans une guerre avec l'Espagne, détournant ainsi le pays de querelles internes.

Le Parlement de Paris est réduit à l'obéissance et les États généraux ne sont plus convoqués à l'avantage du ministériat dès le règne de Louis XIII – ils l'avaient encore été sous sa propre minorité.

Désormais, l'essentiel du pouvoir royal est délégué à un homme de confiance pour résister à l'influence de la noblesse sous les régences. Sous Louis XIII, Richelieu devient le principal ministre de 1629 à 1642. Puis Mazarin dirigea les affaires de la France, sous la régence de la mère du roi Louis XIV, Anne d'Autriche, de 1643 à 1661.

Ces deux hommes ont mené une politique de renforcement des pouvoirs royaux face aux nobles, en faisant de Louis XIII un roi guerrier et en supprimant des privilèges accordés aux protestants. En 1628, Richelieu assiège La Rochelle, place forte protestante et en profite pour lutter contre l'influence anglaise.

La dernière tentative de la noblesse pour réduire les pouvoirs royaux se déroule lors de la Fronde (1648-1652). Les villes, la noblesse de robe (le Parlement) et la noblesse d'épée souhaitent toutes recouvrer leurs privilèges d'antan, sans succès. Cette ultime tentative renforça chez Louis XIV sa volonté de régner seul.

II - L'absolutisme triomphant

Louis XIV, Portrait de Louis XIV, Hyacinthe Rigaud, 1701.

Louis XIV définit le pouvoir absolu

« Toute puissance, toute autorité résident dans la main du Roi. Tout ce qui se trouve dans l'étendue de nos États nous appartient. Les rois sont seigneurs absolus. Celui qui a donné des rois aux hommes a voulu qu'on les respectât comme ses lieutenants, se réservant à lui seul le droit d'examiner leur conduite. La volonté de Dieu est que quiconque est né sujet obéisse totalement au Roi. Si mauvais que puisse être un prince, la révolte de ses sujets est toujours infiniment criminelle. »

Citations extraites de *Louis XIV, Mémoire pour servir à l'instruction du dauphin*, 1666.

A - Fidélité et compétence au service du monarque absolu

À la mort de Mazarin, Louis XIV décide de ne plus avoir un seul ministre et s'entoure désormais de quelques ministres et secrétaires d'État dont les plus connus sont Louvois (secrétariat d'État à la guerre), Vauban, et surtout Colbert (1661-1683), contrôleur des finances.

Louis XIV s'entoure de personnes qui le conseillent au quotidien dans ses prises de décisions.

Les quatre Conseils, qu'il préside souvent lui-même sont :

- Le Conseil d'En-Haut qui traite les affaires les plus courantes.
- Le Conseil des Finances.
- Le Conseil des Dépêches qui s'occupe des relations avec les provinces du royaume.
- Le Conseil des Parties chargé des questions administratives et judiciaires.

Les Ministres et secrétaires d'État sont peu nombreux. Louis XIV les nomme et les révoque à sa guise. Ce sont de simples exécutants, compétents, et d'autant plus dévoués qu'ils sont d'origine modeste et qu'ils doivent leur carrière au roi. Le plus connu d'entre eux est Colbert. Ils ne sont que 6 :

- Le Chancelier, ministre de la justice.
- Le Contrôleur général des Finances.
- Les secrétaires d'Etat (Louvois) à la guerre, à la marine, aux affaires du Roi, à la maison du Roi.

Le roi veut être obéi dans toutes les provinces du royaume. Le royaume est donc divisé en généralités : chaque généralité correspondant à plusieurs départements actuels. Dans chaque généralité, Louis XIV envoie un intendant de Justice-Police-Finances, qui est son représentant ; les intendants ont une fonction très étendue. Ils ont fortement contribué à la centralisation des pouvoirs au détriment des seigneurs locaux. Ils doivent :

- Faire appliquer les décisions du roi.
- Informer le roi.
- Maintenir l'ordre.
- S'assurer que la justice est bien rendue.
- S'assurer que les impôts sont bien collectés.

Les parlements ne sont plus que des chambres d'enregistrement des ordonnances royales et les États généraux n'ont plus été réunis entre 1614 et 1789.

Des mesures contribuèrent à renforcer l'« union du trône et de l'autel ».

- La révocation de l'Édit de Nantes, contraignant les protestants à l'exil ou à la conversion.
- La lutte contre les Jansénistes (catholiques à la doctrine austère).

B - La gloire des armes et la puissance économique

Pendant les 54 ans du règne de Louis XIV, la France a connu 29 ans de guerre. C'est peu dire qu'elle est mise au service de la puissance du roi. Les victoires contribuent à la puissance royale et elles permettent également de soumettre la noblesse, contrainte ainsi à une stricte discipline.

Par la guerre, Louis XIV agrandit le royaume vers le nord, l'est et le sud. Lille, Strasbourg, la Franche-Comté sont alors rattachées à la France. Pour éviter que la France ne perde ses conquêtes, le ministre Vauban fait fortifier les villes proches des nouvelles frontières.

Sans héritier, le trône d'Espagne est proposé au petit-fils de Louis XIV, le futur Philippe V, ce qui entraîna la guerre de Succession d'Espagne (1701-1714), plusieurs puissances européennes y étaient opposées.
Sur les mers, Colbert favorisa le développement de la marine de guerre pour en assurer la sécurité dans le cadre du développement des échanges avec les empires coloniaux.

Colbert fut le grand artisan du développement économique de la France, lié au développement de l'industrie et à l'essor du commerce. Colbert met en place le mercantilisme, c'est-à-dire l'industrialisation de la France avec la fondation de manufactures comme celle des Gobelins, en important des matières premières en provenance des nouvelles colonies pour ensuite les transformer en produits de qualité. Pour réussir, il fonda des compagnies commerciales (Compagnie française des Indes orientales en 1664 et la Compagnie du Levant en 1670) et des comptoirs dans les colonies, dont le développement fut basé sur la traite négrière (Code noir, 1685).

Vocabulaire

Cour : Ensemble des nobles qui entourent le roi dans sa vie quotidienne.

Étiquette : Strict protocole que les membres de la cour du roi doivent respecter.

Intendant de Justice-Police-Finances : Représentant du roi dans les provinces du royaume de France.

Monarchie absolue : Régime politique qui se caractérise par la concentration des pouvoirs exécutif, législatif et judiciaire entre les mains du monarque.

Exercice 24

1. Quels sont les pouvoirs de Louis XIV ?

2. De qui le roi absolu tient-il son pouvoir ?

3. Pourquoi Louis XIV a-t-il installé sa cour à Versailles ?

4. Quelle est la principale mission des intendants de Justice-Police-Finances ?

Point de passage et d'ouverture
Exercice 25

1539 - L'ordonnance de Villers-Cotterêts et la construction administrative française

L'ordonnance de Villers-Cotterêts

François, par la grâce de Dieu, roi de France, faisons savoir, à tous présents et à venir, que pour pourvoir au bien de notre justice, raccourcir les procès et soulager nos sujets, nous avons, par un édit perpétuel et irrévocable, statué et ordonné [...] les choses qui s'ensuivent :

Art. 1 – Nous avons défendu et nous défendons à tous nos sujets de ne faire ni citer ni comparaître les laïcs devant les juges d'Église [...].

Art. 51 – Il sera tenu [par les curés] registre des baptêmes, qui contiendront le temps et l'heure de la naissance, et dont l'extrait servira à prouver le temps de la majorité ou de la minorité [...].

Art. 110 – Que les arrêts soient clairs et compréhensibles et, afin qu'il n'y ait pas de raison de douter sur le sens de ces arrêts, nous voulons et ordonnons qu'ils soient faits et écrits si clairement qu'il ne puisse y avoir aucune ambiguïté ou incertitude, ni raison d'en demander une explication.

Art. 111 – Et parce que de telles choses sont arrivées très souvent, à cause de la mauvaise compréhension des mots latins utilisés dans lesdits arrêts, nous voulons que dorénavant tous les arrêts ainsi que toutes les autres procédures [...], que ce soit sur les registres, enquêtes, contrats, commissions, sentences, testaments et tous les autres actes [...] de justice [...], soient prononcés, publiés et notifiés aux parties en langue maternelle française, et pas autrement.

Nous mandons aux gens de nos cours de Parlement[1] [...], à nos juges, à nos officiers[2] qu'ils fassent lire, publier et enregistrer nos présentes ordonnances [...]. Car tel est notre plaisir. Donné à Villers-Cotterêts au mois d'août, l'an 1539 [...].

Scellé du grand sceau du roi, en cire verte, pendant à lacs de soie.

Extraits de l'ordonnance de Villers-Cotterêts (1539), texte modernisé.

[1] Cours chargées de rendre la justice au nom du roi et d'enregistrer ses lois et ordonnances.

[2] Détenteur d'une charge publique, de nature fiscale ou judiciaire, confiée par le roi.

1. Présentez le texte (nature, auteur, date).

2. Expliquez pourquoi l'ordonnance renforce l'unité du royaume.

3. Montrez qu'elle permet au roi de mieux connaître la population du royaume.

Exercice 26

Colbert développe une politique maritime et mercantiliste, et fonde les compagnies des Indes et du Levant.

Portrait de Colbert en tenue de l'ordre du Saint-Esprit, par Claude Lefèbvre (1666), musée du château de Versailles.

Colbert défend la nécessité de développer le commerce maritime

Je crois que l'on demeurera facilement d'accord de ce principe, qu'il n'y a que l'abondance d'argent dans un État qui fasse la différence de sa grandeur et de sa puissance [...]. Pour y parvenir, les moyens proposés sont [...] : – recevoir tous les marchands qui viendront à la cour avec des marques particulières de protection et de bonne volonté ; – les assister en toutes choses qui concerneront leur commerce, les entendre quelquefois dans le Conseil de Sa Majesté quand ils viendront pour affaires importantes [...] ; – examiner tous les tarifs de droits d'entrée et de sortie[1] [...] ; – donner des gratifications à tous ceux qui achèteront ou bâtiront des vaisseaux neufs ou qui feront des voyages de long cours [...]. – appuyer fortement les Compagnies des Indes orientales et occidentales[2] ; – exciter tout le monde à y entrer.

Jean-Baptiste Colbert, *Mémoire sur le commerce*, 3 août 1664.

[1] Taxes douanières acquittées pour faire entrer ou sortir des marchandises du royaume.

[2] Sociétés de marchands, recevant le monopole du commerce avec une colonie.

1. Présentez le texte (nature, auteur, date).

2. Quel est le rôle de Colbert dans la mise en place du mercantilisme ?

3. Quel est le rôle de Colbert dans le développement de la traite négrière ?

Exercice 27

Versailles, le « roi-soleil » et la société de cour

Jean-Baptiste van Loo, Portrait de Saint-Simon (1728, détail), château de Chasnay, collection particulière.

Saint-Simon juge la cour de Louis XIV

Les fêtes fréquentes, les promenades particulières à Versailles, les voyages furent des moyens que le roi saisit pour distinguer et pour mortifier en nommant les personnes qui à chaque fois en devaient être, et pour tenir chacun assidu et attentif à lui plaire [...].

Les espérances que ces petites préférences et ces distinctions faisaient naître, et la considération qui s'en tirait, personne ne fut plus ingénieux que lui à inventer sans cesse ces sortes de choses [...]. Il regardait à droite et à gauche à son lever, à son coucher, à ses repas, en passant dans les appartements, dans ses jardins de Versailles, où seulement les courtisans avaient la liberté de le suivre ; il voyait et remarquait tout le monde, aucun ne lui échappait, jusqu'à ceux qui n'espéraient pas même être vus. Il distinguait très bien en lui-même les absences de ceux qui étaient toujours à la cour, celles des passagers qui y venaient plus ou moins souvent ; les causes générales ou particulières de ces absences, il les combinait, et ne perdait pas la plus légère occasion d'agir à leur égard en conséquence.

C'était un démérite aux uns, et à tout ce qu'il y avait de distingué, de ne faire pas de la cour son séjour ordinaire, aux autres d'y venir rarement, et une disgrâce sûre pour qui n'y venait jamais, ou comme jamais.

Le rio aima en tout la splendeur, la magnificence, la profusion. Ce goût, il le donna à toute la cour. C'était lui plaire que de dépenser en habits, en équipages, en bâtiments, en jeux. C'étaient des occasions pour qu'il parlât aux gens. Le fond était qu'il tendait et parvint par là à épuiser les ressources des courtisans et les réduisit ainsi peu à peu à dépendre entièrement de ses bienfaits pour subsister.

Saint-Simon, *Mémoires*, chapitre XIX, 1829.

1. Présentez le texte (nature, auteur, date).

2. Que doivent faire les nobles pour plaire au roi ?

3. D'après Saint-Simon, pourquoi le roi pousse-t-il les courtisans à dépenser ?

Exercice 28

L'Édit de Nantes et sa révocation

Louis XIV révoque l'Édit de Nantes (1685)

Le roi Henry le Grand [...], voulant empêcher que la paix qu'il avait procurée à ses sujets [...] ne fût troublée à cause de la Religion Prétendue Réformée, comme il était arrivé sous les règnes des rois ses prédécesseurs, aurait, par son édit donné à Nantes au mois d'avril 1598, réglé la conduite à tenir à l'égard de ceux de ladite religion [...] afin d'être plus en état de travailler [...] à réunir à l'Église ceux qui s'en étaient si facilement éloignés [...].

Et comme l'intention du roi notre dit aïeul ne put être effectuée à cause de sa mort précipitée, et que l'exécution dudit édit fut même interrompue pendant la minorité du feu roi notre père [...] par de nouvelles entreprises de ceux de la Religion Prétendue Réformée, elles donnèrent l'occasion de les priver de divers avantages qui leur avaient été accordés par l'édit. Néanmoins le roi notre feu Seigneur et Père, usant de la clémence ordinaire, leur accorda encore un nouvel édit à Nîmes au mois de juillet 1629, au moyen duquel la tranquillité [fut] de nouveau rétablie [...].

Nous voyons présentement [...] que la plus grande partie de nos sujets de la Religion Prétendue Réformée ont embrassé la catholique [...]. Nous avons jugé que nous ne pouvions rien faire de mieux pour effacer entièrement la mémoire des troubles, de la confusion et maux que le progrès de cette fausse religion a causé dans notre royaume [...] que de révoquer entièrement ledit édit de Nantes [...].

Édit de Fontainebleau (révocation de l'édit de Nantes), 1685.

1. Comment est appelée la religion protestante dans le texte ? Connaissez-vous d'autres expressions pour désigner un protestant ?

2. Rappelez l'idée de l'Édit de Nantes.

3. Quelles ont été les conséquences pour la France de la révocation de l'Édit de Nantes ?

DEUXIÈME LEÇON

Le modèle britannique et son influence

Objectifs

Ce chapitre vise à montrer comment l'ébauche d'un gouvernement représentatif ainsi que la définition de grands principes et de droits fondamentaux, inspirent les philosophes au cours du XVIIIe siècle et aboutissent à la fondation d'un nouveau régime politique doté d'une constitution écrite avec la naissance des États-Unis d'Amérique.

On peut mettre en avant :
- l'évolution politique et sociale anglaise à la fin du XVIIe siècle ;
- l'affirmation des droits du Parlement face à la couronne anglaise, autour de la révolution de 1688 ;
- l'influence du régime britannique sur des philosophes des Lumières ;
- le retournement par les colons américains des valeurs anglaises contre leur métropole ;
- la rédaction d'une constitution et ses enjeux ;
- les limites de l'application des principes démocratiques (esclaves, Indiens d'Amérique...).

I - Une monarchie parlementaire en Angleterre

A - Un compromis avec le pouvoir royal pour garantir les libertés

Deux révolutions distinctes vont profondément modifier le fonctionnement des institutions anglaises au XVIIe siècle, instaurant une **monarchie parlementaire** limitant les pouvoirs du roi.
La Grande Rébellion (1640-1649) met fin à l'absolutisme anglais. Le roi Charles 1er est condamné à mort. Une république est mise en place par Cromwell. Mais à sa mort en 1660, la monarchie est rétablie. L'adoption de l'Habeas Corpus en 1679 limite les pouvoirs du roi en instaurant une **monarchie parlementaire**. Les libertés individuelles sont réaffirmées avec force.

Dix ans plus tard, La Glorieuse révolution (1688-1689) ébranle de nouveau la monarchie. Alors que le roi Jacques II tente de rétablir la monarchie absolue face à l'opposition du parlement, il doit fuir et laisser son trône à Guillaume d'Orange. Une déclaration des droits, *bill of rights*, en 1689 est alors adoptée, limitant encore davantage les pouvoirs du roi. La Glorieuse Révolution est justifiée dès 1690 par le philosophe anglais Jolin Locke dans le *Traité du Gouvernement Civil* où il énonce le devoir de se rebeller contre tout tyran.
Ainsi, au début du XVIIIe siècle, la monarchie anglaise apparaît comme une monarchie limitée où les pouvoirs sont partagés entre le roi et le Parlement. Ce régime politique fascine les philosophes des Lumières comme Voltaire et Montesquieu qui en font un modèle politique qu'ils souhaitent voir appliquer à la monarchie française.

B - L'indépendance des États-Unis

L'Angleterre a fondé 13 colonies au début du XVIIe siècle sur lesquelles elle exerce un monopole commercial. Les colons installés en Amérique ne sont pas représentés au Parlement britannique et sont soumis à une forte imposition qui bénéficie à la monarchie anglaise. Celle-ci leur paraît trop lointaine et déconnectée de leur quotidien.

À partir des années 1760, les relations se tendent entre les colonies américaines et l'Angleterre. En 1773, lors de la Boston tea party, des colons déguisés en Indiens empêchent un bateau chargé de thé anglais de débarquer sa marchandise, manifestant ainsi contre le monopole commercial imposé par l'Angleterre. Le 4 juillet 1776, les délégués des colons d'Amérique réunis à Philadelphie publient une déclaration d'indépendance fortement influencée par la philosophie des Lumières.

Ainsi débute une guerre entre les Insurgents et l'Angleterre, dans laquelle la France s'immisce en soutenant les colons américains avec l'envoi de soldats commandés par le marquis de Lafayette. Cette guerre s'achève en 1783 par le traité de Versailles qui reconnaît l'indépendance des États-Unis. En 1787, une constitution est rédigée, Benjamin Franklin étant un des principaux rédacteurs. Le pays devient une **république fédérale** fondée sur la séparation des pouvoirs suivant les principes énoncés par Montesquieu. George Washington est élu premier président des États-Unis en 1789.
En Europe, l'indépendance des États-Unis est accueillie avec enthousiasme dans les milieux imprégnés par la philosophie des Lumières, elle rend possible à leurs yeux l'idée d'une révolution.

Vocabulaire

Monarchie parlementaire : Régime politique dans lequel les pouvoirs du roi sont limités par ceux attribués au parlement.

République fédérale : régime politique dans lequel les pouvoirs sont partagés entre les différents États et l'État fédéral.

Exercice 29

Questions de cours

1. Quelles sont les deux révolutions qui ont limité les pouvoirs du roi anglais ?

2. Qu'est-ce qu'une monarchie limitée ?

3. Pourquoi les colons d'Amérique se sont-ils rebellés contre l'Angleterre ?

4. En quelle année fut rédigée la déclaration d'indépendance américaine ? Selon quels principes ?

5. De quand date l'indépendance américaine ?

Analyser la déclaration d'indépendance américaine

Nous tenons pour évidentes pour elles-mêmes les vérités suivantes : tous les hommes sont créés égaux ; ils sont doués par le Créateur de certains droits inaliénables ; parmi ces droits se trouvent la vie, la liberté et la recherche du bonheur. Les gouvernements sont établis parmi les hommes pour garantir ces droits, et leur juste pouvoir émane du consentement des gouvernés. Toutes les fois qu'une forme de gouvernement devient destructive de ce but, le peuple a le droit de la changer ou de l'abolir et d'établir un nouveau gouvernement, en le fondant sur les principes et en l'organisant en la forme qui lui paraîtront les plus propres à lui donner la sûreté et le bonheur. La prudence enseigne, à la vérité, que les gouvernements établis depuis longtemps ne doivent pas être changés pour des causes légères et passagères, et l'expérience de tous les temps a montré, en effet, que les hommes sont plus disposés à tolérer des maux supportables qu'à se faire justice à eux-mêmes en abolissant les formes auxquelles ils sont accoutumés.
Mais lorsqu'une longue suite d'abus et d'usurpations, tendant invariablement au même but, marque le dessein de les soumettre au despotisme absolu, il est de leur droit, il est de leur devoir de rejeter un tel gouvernement et de pourvoir, par de nouvelles sauvegardes, à leur sécurité future. Telle a été la patience de ces Colonies, et telle est aujourd'hui la nécessité qui les force à changer leurs anciens systèmes de gouvernement. L'histoire du roi actuel de Grande-Bretagne est l'histoire d'une série d'injustices et d'usurpations répétées, qui toutes avaient pour but direct l'établissement d'une tyrannie absolue sur ces États. (...)
En conséquence, nous, les représentants des États-Unis d'Amérique, assemblés en Congrès général, prenant à témoin le Juge suprême de l'univers de la droiture de nos intentions, publions et déclarons solennellement au nom et par l'autorité du bon peuple de ces Colonies, que ces Colonies unies sont et ont le droit d'être des Etats libres et indépendants; qu'elles sont dégagées de toute obéissance envers la Couronne de la Grande-Bretagne; que tout lien politique entre elles et l'État de la Grande-Bretagne est et doit être entièrement dissous (...).

Extraits de la déclaration d'indépendance des États-Unis, 1776.

1. Préciser le contexte dans lequel ce texte a été rédigé.

2. Que reprochent les auteurs de ce texte à la monarchie ?

3. Quels droits affirment-ils pour légitimer leur action ? De quelle philosophie s'inspirent les auteurs de ce texte ?

4. Quels principes ces auteurs devront-ils appliquer pour éviter le retour au despotisme ?

Point de passage et d'ouverture
Exercice 30

1679 et 1689 - L'Habeas Corpus et le Bill of Rights, le refus de l'arbitraire royal

Résumé

L'Habeas Corpus puis le Bill of Rights apparaissent dans l'histoire anglaise du XVIIe siècle comme deux étapes fondamentales du refus de l'arbitraire royal, en particulier aux yeux des philosophes des Lumières qui vivent en France dans une monarchie absolue.

Ce sont deux textes fondateurs, non seulement de la monarchie britannique mais plus généralement, de l'État de droit et des libertés des citoyens dans le monde.

L'Angleterre et la Magna Carta

Jusqu'en 1640, l'Angleterre est régie par **la Magna Carta**. Cette « grande charte », adoptée en 1215, impose au roi de gouverner avec un parlement composé de deux chambres : **celle des lords et celle des communes**. Ce parlement a la possibilité de limiter le pouvoir royal, et notamment les augmentations d'impôts. Mais quatre cents ans plus tard, **Charles Ier** décide d'imiter ses voisins européens comme la France et l'Espagne, qui tendent à devenir des monarchies absolues. Deux guerres civiles plus tard, Charles Ier est vaincu et devient en 1649, bien avant Louis XVI, le premier roi décapité de l'Europe moderne.

1679 : l'Habeas Corpus

Les Anglais adoptent alors un nouveau régime : **le Commonwealth d'Angleterre**. Mais même si sur le papier, c'est plus ou moins censé être une république, dans les faits, le Lord protecteur **Olivier Cromwell** a une conception du pouvoir tout aussi autoritaire et héréditaire que s'il était roi. Peu convaincus, les Anglais arrêtent l'expérience après la mort de Cromwell, en 1658, et demandent au descendant de Charles Ier de poursuivre la dynastie. **Charles II**, revenu d'exil, monte ainsi sur le trône en 1660. Monarque absolu, multipliant les arrestations arbitraires chez ses opposants, le Parlement lui impose en 1679 une loi qui va marquer l'Histoire : **l'Habeas Corpus**. C'est le premier texte qui ose s'attaquer à l'arbitraire royal : désormais, toute personne arrêtée a le droit de savoir pourquoi et être présentée, dans les trois jours, à un juge. De nos jours, cela paraît normal, mais à l'époque, en France, Louis XIV envoie qui il veut en prison, simplement avec une lettre, les fameuses lettres de cachet, et sans avoir besoin de se justifier auprès de qui que ce soit. En Angleterre, avec l'Habeas Corpus, c'est désormais fini !

Le Bill of Rights ou déclaration des droits

En théorie seulement, car le successeur de Charles II, son frère **Jacques II**, refait les mêmes erreurs et en 1688, alors qu'il n'est roi que depuis trois ans, éclate une révolte, ***la Glorious revolution***. Certains nobles anglais préfèrent alors se tourner vers son gendre, **Guillaume III**, qui devient roi d'Angleterre en 1689 et qui accepte à cette occasion un texte essentiel : *le Bill of Rights*, ou **Déclaration des Droits**. Par ce texte, le roi accepte définitivement de voir son pouvoir limité au profit du Parlement. **L'indépendance des juges**, déjà amorcée dans l'Habeas Corpus, est renforcée. Le roi a l'obligation de réunir régulièrement le Parlement et le plus souvent il a besoin de son accord pour agir, que ce soit pour déclarer une guerre, entretenir une armée en temps de paix ou lever un nouvel impôt. Les Anglais obtiennent aussi le droit de pétition, un début dans la liberté d'expression. La monarchie parlementaire est née !

www.lumni.fr

Document 1

Portrait du roi Charles II d'Angleterre de Philippe de Champaigne

Charles II (1630-1685) est roi d'Angleterre, d'Écosse et d'Irlande de 1660 à sa mort. Il est le fils de Charles Ier, exécuté en 1649 lors de la Première Révolution anglaise. Le Parlement d'Angleterre vote une loi interdisant son accession au trône et Oliver Cromwell prend le pouvoir à la tête d'une république qui tourne à la dictature. En 1658, Cromwell décédé, il rentre en Angleterre, invité à prendre la succession au trône.

Document 2

William Hogarth, *Le Comité prison de la Chambre des Communes*, v. 1729, huile sur toile, 51,9 x 68,8 cm, National Portrait Gallery, Londres.

L'*Habeas Corpus* interdit d'emprisonner qui que ce soit sans motif sérieux. Mais les prisons anglaises sont célèbres pour leurs conditions de vie particulièrement difficiles. En 1729, un comité de membres de la Chambre des communes réalise une inspection dans la prison de la Fleet, à Londres. Les parlementaires vérifient les raisons des incarcérations, libèrent plusieurs prisonniers et punissent l'intendant de la prison, accusé d'être coupable et cruel.

www.lelivrescolaire.fr

Document 3 - L'Habeas Corpus, une loi contre les arrestations arbitraires

Le Parlement anglais adopte la loi d'Habeas Corpus (littéralement « ton corps t'appartient ») limitant la détention provisoire arbitraire.

« Beaucoup de sujets du roi ont été longtemps retenus en prison dans des cas où légalement ils sont libérables sous caution (...). Pour prévenir ceci, qu'il soit édicté par Sa Très Excellente Majesté le Roi, par et avec le conseil et le consentement des Lords spirituels et temporels ainsi que des Communes en ce présent Parlement assemblés, (...) que chaque fois qu'une ou des personnes produira ou produiront une ordonnance d'habeas corpus adressée à un ou des shérifs, que lesdits officiers (...), dans les trois jours qui suivent la présentation de ladite ordonnance, renvoient ladite ordonnance et amènent ou fassent amener en personne l'individu en cause, (...) devant les juges (...) d'où émane ladite ordonnance ; et alors certifient les vraies causes de sa détention ou de son emprisonnement ; et sur quoi, dans les deux jours qui suivront la présentation de l'intéressé devant eux, ledit (...) juge, devra libérer ledit prisonnier de son emprisonnement, après avoir pris son engagement assorti d'une ou de plusieurs cautions, à moins qu'il n'apparaisse que l'intéressé ainsi emprisonné est détenu en vertu d'une procédure légale. »

Parlement d'Angleterre, loi d'Habeas Corpus pour mieux garantir la liberté des sujets, 1679.

Document 4

The Glorious Revolution, 1688.

La Glorieuse Révolution d'Angleterre (en anglais *Glorious Revolution*, aussi *Seconde Révolution anglaise*, ou encore "*bloodless revolution*") fut une révolution pacifique (1688-1689) qui renversa le roi Jacques II et provoqua l'avènement de la fille de celui-ci, Marie II et de son époux, Guillaume III, prince d'Orange. La révolution aboutit à l'instauration d'une monarchie constitutionnelle et parlementaire à la place du gouvernement autocratique des Stuarts.

Document 5

Portrait de Guillaume III peint par Willem Wissing.

Lors de la Glorieuse Révolution de 1688-1689, Guillaume renversa Jacques II et obtint les couronnes d'Angleterre, d'Écosse et d'Irlande. Dans les îles Britanniques, Guillaume III gouverna conjointement avec son épouse, Marie II, jusqu'à la mort de celle-ci le 28 décembre 1694. Il poursuivit son opposition à la France de Louis XIV lors de la guerre de la Ligue d'Augsbourg et son règne marqua la transition du pouvoir personnel des Stuart vers le pouvoir soumis au contrôle du Parlement de la maison de Hanovre.

1. Qu'est-ce que la Magna Carta ?

2. Qu'est-ce que le Commonwealth d'Angleterre et quel est le rôle de Cromwell ?

3. Comparez les systèmes français et anglais concernant la détention provisoire arbitraire.

4. Quelles sont les caractéristiques de *The Glorious Revolution* ?

5. Quelles sont les conséquences dynastiques du renversement de Jacques II par Guillaume d'Orange-Nassau ?

TROISIÈME LEÇON

Des mobilités généralisées

Le monde est profondément transformé par les mobilités. Celles-ci peuvent être motivées par de nombreux facteurs (fuir un danger, vivre mieux, travailler, étudier, s'enrichir, visiter...). Les flux migratoires internationaux représentent des enjeux très différents (géographiques, économiques, sociaux ou encore politiques et géopolitiques), tant pour les espaces de départ que pour les espaces d'arrivée. Ils sont marqués par une grande diversité d'acteurs et des mobilités aux finalités contrastées (migrations de travail, d'études, migration forcée, réfugiés...). Ils font l'objet de politiques et de stratégies différentes selon les contextes. Avec le développement et l'évolution des modes de transport, les mobilités touristiques internationales sont en plein essor et se diffusent au-delà des foyers touristiques majeurs.

Quotidiennes, saisonnières ou encore ponctuelles, les mobilités sont multiples en France métropolitaine et ultramarine. Elles répondent à des motivations diverses et rendent compte aussi d'inégalités socio-économiques et territoriales.

Le terme de **mobilité** permet de regrouper sous une même expression tous les déplacements de personnes, qui sont fort différents quant à leur motivation, aux moyens mis en œuvre, à la durée, à l'étendue, aux conditions rencontrées et aux objectifs atteints. Au-delà du déplacement, c'est la capacité à se déplacer qu'il est important d'étudier. Or celle-ci dépend étroitement de l'environnement dans lequel les personnes vivent.

I - Les migrations internationales

A - Les migrations d'hier à aujourd'hui

Les migrations sont un fait ancien et en constante augmentation mais qui ne concerne que 3.5 % de la population (258 millions en 2017).

En 2020, le monde compte plus de 260 millions de migrants, 60 millions de déplacés et plus d'un milliard de touristes internationaux. À toutes les échelles, les mobilités semblent généralisées. Elles peuvent également se faire à une échelle locale, régionale ou nationale, on parle de **mobilité interne.**

Depuis le milieu des années 1970, les migrations internationales sont marquées par un flux entre le Sud et le Nord, pour des raisons économiques, démographiques et politiques (65 %). Les espaces d'accueil sont surtout l'Amérique du Nord, l'Europe occidentale et les pétromonarchies (12.5 millions d'immigrés principalement asiatiques).

Les pays des migrants sont principalement et dans l'ordre l'Inde, le Mexique et la Russie.

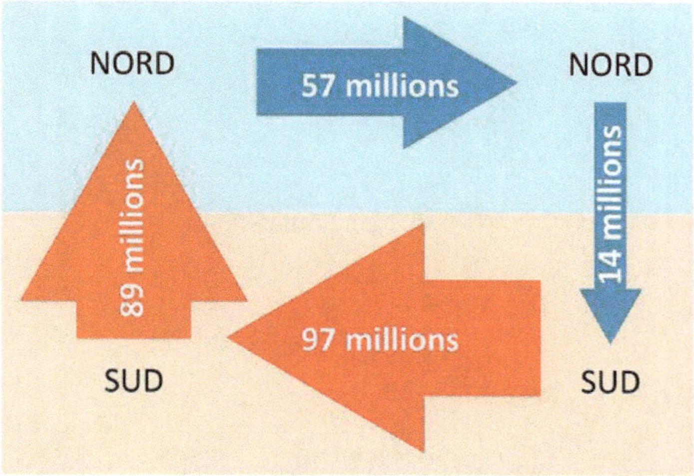

G. Pison, *Population et Sociétés* n° 563, 2019

Lecture : en 2017, 14 millions de personnes nées au Nord vivent au Sud (« Nord » et « Sud » désignant respectivement les pays développés et les pays en développement).

Les migrations interrégionales se concentrent principalement sur des pays situés dans le même espace géographique que leur pays d'origine.

Cela est particulièrement marqué pour les continents ou les régions connaissant de forts contrastes de développement. C'est le cas en Europe, où la majorité des migrations provenant de l'est du continent s'orientent vers l'ouest.
En Afrique les migrations sont surtout importantes entre le Mozambique, l'Afrique du Sud et l'Afrique subsaharienne vers le Maghreb pour pouvoir ensuite partir pour certains vers l'Europe.

B - Les raisons d'émigrer

Les migrations économiques et démographiques représentent la majorité des cas. L'absence de débouchés professionnels poussent une certaine jeunesse diplômée à tenter sa chance ailleurs, attirée aussi par des meilleures conditions de vie. C'est ainsi que 10 % des diplômés de l'enseignement supérieur des pays de l'Afrique de l'Ouest vivent à l'étranger et que de nombreux médecins d'Europe de l'Est s'installent en Europe de l'Ouest (brain drain).
Concernant la main-d'œuvre moins qualifiée, la population du Nord fait appel à celle du Sud et maintient des inégalités en termes d'éducation, de santé et entre les sexes. « Des couples migratoires » se sont formés, souvent suite à des liens historiques justifiant l'emploi d'une même langue, comme la France avec les pays du Maghreb et de l'Afrique subsaharienne, ou encore le Royaume-Uni avec l'Inde et le Pakistan.

Des causes politiques et environnementales représentent d'autres facteurs fondamentaux de migrations. Des pays en guerre entraînent des migrations forcées et contraintes. Les réfugiés quittent leur pays pour de multiples raisons. Ils peuvent être victimes de leur religion, de leur ethnie, de leur orientation sexuelle. Il est parfois possible – pas toujours car il faut que le pays d'arrivée estime la cause de départ valide – d'obtenir un statut de réfugié au nom du droit d'asile.

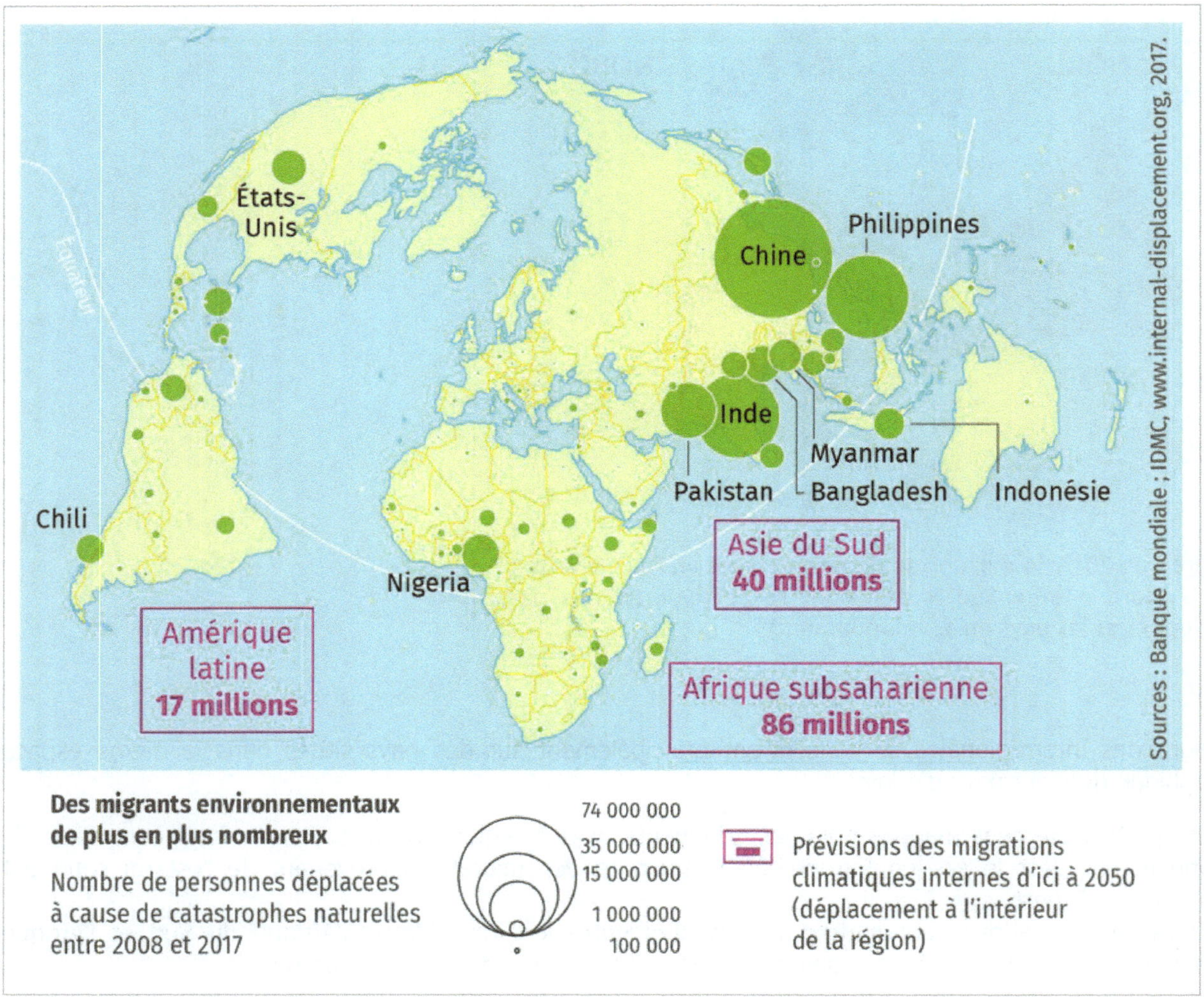

Enfin, les migrations clandestines souvent liées à des réseaux de trafics humains entraînent l'exploitation des migrants.

II - Les mobilités touristiques internationales

A - Géographie du tourisme mondial

En 2017, 1.3 milliard de personnes étaient considérées comme des touristes venant pour la plupart du Nord et restent dans le Nord (États-Unis, Europe de l'Ouest et Japon).

L'Europe reçoit 600 millions de touristes internationaux par an, l'Asie-Pacifique 300 millions et l'Amérique du Nord 200 millions. À l'échelle nationale, le tourisme s'effectue à l'intérieur du pays comme aux États-Unis.

Le tourisme Nord-Sud est à sens unique et concerne les pays riverains de la Méditerranée (Maroc, Tunisie, Turquie, Israël, les Caraïbes francophones et anglophones, le Mexique et Cuba).

La Thaïlande et l'Indonésie pour la zone Asie-Pacifique et le Brésil principalement pour l'Amérique du Sud, s'affirment comme terres touristiques.

De nouveaux touristes apparaissent venant de pays émergents comme la Russie ou la Chine (120 millions en 2015) et deviennent zones touristiques à leur tour.

Croquis de synthèse

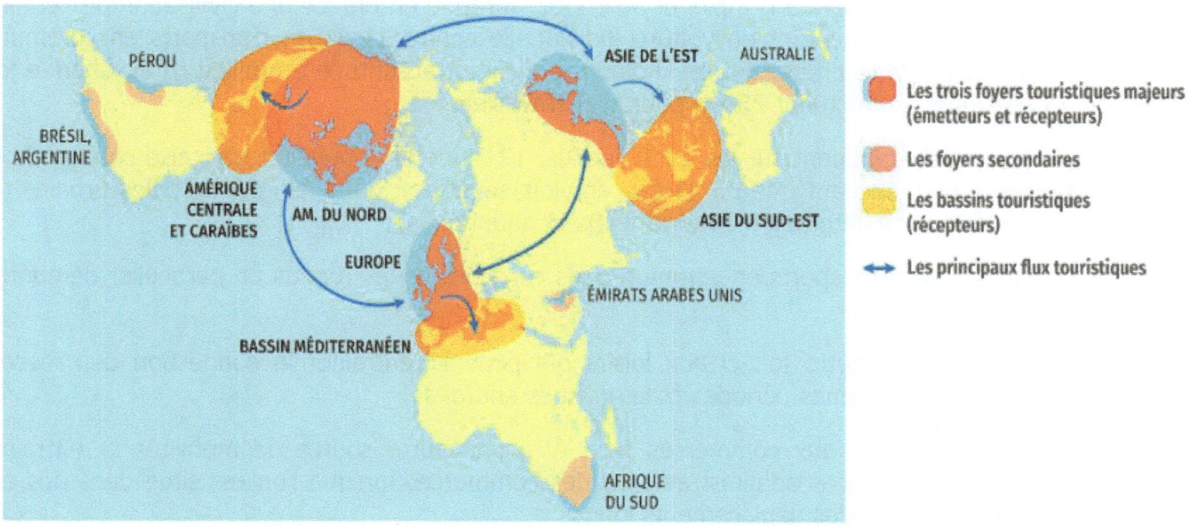

B - Les types de tourisme et leurs conséquences

Il existe de nombreuses formes de tourisme : balnéaire, sports d'hiver, culturel, vert ou encore religieux.

Les grandes villes d'art comme Paris, Londres, Rome mais aussi des plus modestes au patrimoine tout aussi riche comme Venise, Florence, Prague ou Budapest, attirent des millions de touristes chaque année.

En dehors de l'Occident, la découverte d'autres cultures constitue des espaces de plus en plus attractifs (Égypte, Mexique, Cambodge, etc.).

Les sites de pèlerinages développent le tourisme religieux (Jérusalem, Lourdes, La Mecque) et comptent des visiteurs récurrents.

Lié à des milieux géographiques spécifiques, le tourisme balnéaire ou de sports d'hiver permet une exploitation touristique avec toutefois des risques de réaction à « l'over tourisme ». Bien que le tourisme soit facteur de développement économique, de modernisation des infrastructures et d'ouverture culturelle, il peut entraîner des problèmes de développement durable et de pollutions.

Schéma de synthèse

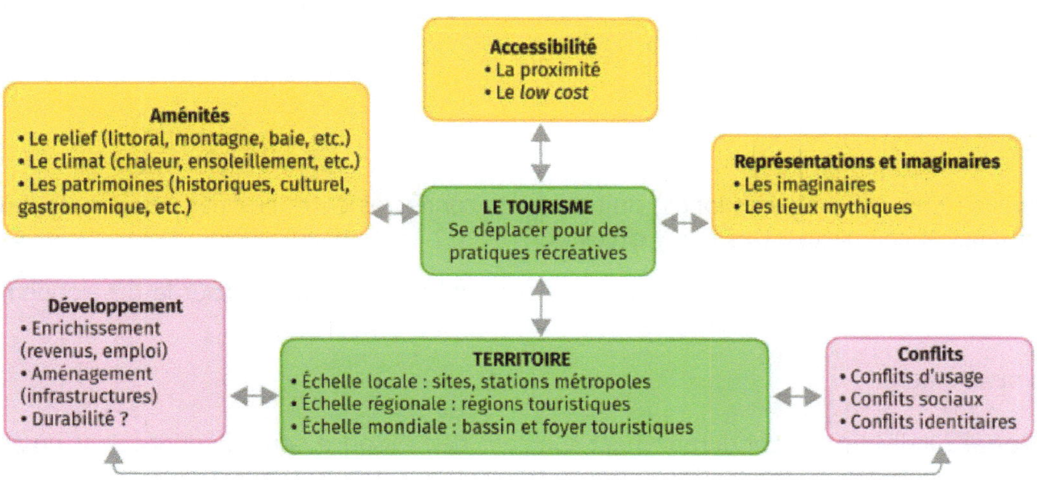

III - Le cas français

A - Les mobilités en France

Les premières mobilités sont liées à l'emploi et au travail. Il règne en France une civilisation de l'automobile. 75 % des trajets quotidiens se font en voiture individuelle contre 11 % en transports en commun (bus, métro, tramway, train). Cette proportion est moindre en ville et accentuée en milieu rural. Chaque jour, 18 millions de « navetteurs » effectuent 25 km pour aller travailler.

Les mobilités résidentielles influent sur les quotidiennes. 12 % de la population française change de lieu de résidence chaque année, sachant que 65 % des emplois se situent dans les grands pôles urbains (Île-de-France, grandes métropoles, littoraux méditerranéens et atlantiques).

Le coût et la desserte des transports en commun dans certaines zones rurales en particulier démontrent de nombreuses inégalités.

Une autre mobilité est liée cette fois-ci aux loisirs qui peuvent entraîner la congestion des réseaux car souvent concentrée sur les mêmes périodes et les mêmes endroits.

Enfin, l'accès aux services et aux commerces peut être une autre source de mobilités et entraîner des inégalités. Rejoindre des services administratifs ou des commerces lorsque l'on est situé dans des espaces périphériques peut nécessiter des déplacements longs.

B - De nombreux réseaux

Ces mobilités et l'économie sont dépendants des réseaux de transports et de communication. Par conséquent, les ports, les aéroports, les gares, les réseaux numériques de communication sont essentiels. La structure de ces réseaux et son implantation sur le territoire est révélatrice de la manière dont s'organise le territoire.

Les principaux réseaux sont structurés autour des métropoles. En France, la capitale est le point de convergence de toutes les autoroutes malgré une volonté de rééquilibrage pour tenter de désenclaver certaines régions. Au-delà des frontières, les réseaux routiers sont un nœud d'interrelations majeures entre Europe du Nord et du Sud, mais aussi sur un plan international.

Le réseau ferroviaire français converge aussi vers Paris. Celui-ci se divise entre le métropolitain, le régional et le national. Le métro est utilisé pour les migrations pendulaires entre habitation et travail.

À l'échelle nationale, le réseau des TGV relie les grandes métropoles entre elles.

Enfin, le transport aérien intérieur se concentre principalement sur les grandes métropoles et sur le trafic international (Roissy Charles-de-Gaulle et Orly). Ces aéroports sont désormais reliés à des gares TGV et à des autoroutes.

Les réseaux d'information dépendent du type de connexion et de sa qualité, que ce soit pour internet ou pour la téléphonie mobile, ce qui peut entraîner une fracture numérique entre certains espaces alors que la population est de plus en plus tentée de vivre dans des zones rurales encore mal desservies.

Vocabulaire

Réseau de transport : Ensemble d'axes (lignes) de transports connectés entre eux par des nœuds (hubs) plus ou moins importants et complexes. Des flux y circulent.

Aménagement : Construction d'un équipement sous contrôle public, destiné à favoriser le développement à diverses échelles.

Flux : quantité en mouvement.

Migrant international : individu quittant durablement son pays de naissance pour se rendre dans un autre pays de façon volontaire ou forcée.

Réfugié : individu quittant durablement son pays pour se rendre dans un autre pays de façon forcée (guerre, violence, changement climatique…). Le réfugié possède le droit d'asile, reconnu internationalement, qui lui permet de s'installer dans un autre pays pour sa sécurité.

Migrant économique : individu quittant durablement son pays pour se rendre dans un autre pays pour travailler.

Diaspora : communauté nationale, ethnique ou religieuse, dispersée à travers le monde qui conserve son identité culturelle, maintient des liens entre tous ses membres et conserve des liens avec son pays d'origine. Les principales diasporas sont chinoise, indienne, turque…

Foyer touristique : zone majeure tant en termes d'émission que de réception de touristes. Il existe 3 foyers : l'Europe, l'Asie de l'Est et l'Amérique du Nord.

***Low cost* :** dans les transports, désigne les vols à coût réduit, en plein essor depuis le milieu des années 2000.

Over tourisme : sentiment que les flux touristiques dépassent la capacité d'accueil d'un territoire, ce qui provoque des rejets.

Patrimoine : élément matériel (bâtiment, œuvre) ou immatériel (tradition) auquel une société accorde de la valeur.

Riviera : continuum littoral composé de nombreuses stations balnéaires.

Station : territoire créé par et pour le tourisme.

Tourisme domestique (ou national) : tourisme pratiqué dans le pays de résidence.

Exercice 31

Étude de cas - Les États-Unis, un foyer touristique majeur

Les États-Unis occupent la première place pour les recettes du tourisme international (210 milliards d'euros en 2017). Les États-Uniens sont la seconde clientèle touristique dans le monde après les Chinois.

Document 1

www.lelivrescolaire.fr

Document 2 - Des recettes importantes

Alors que la tendance s'était inscrite à la baisse en 2016, pour la première fois depuis 2009, 2017 affiche une très légère hausse de 0,7 %, avec près de 77 millions de touristes internationaux.[...]

Signal positif, toutefois, les recettes sont en hausse de 2 % par rapport à 2016, s'élevant à 251,4 milliards de dollars. « Les voyageurs internationaux continuent de dépenser à des niveaux record aux États-Unis et je m'attends à ce que la tendance se poursuive en 2018, ce qui va dynamiser l'emploi », a commenté le secrétaire américain au Commerce Wilbur Ross dans un communiqué. L'industrie du tourisme américain a généré un excédent commercial de plus de 77,4 milliards l'an passé. Parmi les marchés qui s'inscrivent à la hausse, le communiqué cite notamment la Corée du Sud (+17,8 %), le Brésil (+11 %), l'Argentine (+10 %), l'Irlande (+9 %) et le Canada (+4,8 %).

É. Vignon, « Les États-Unis publient (enfin) leurs chiffres de fréquentation touristique », *L'Écho Touristique*, 2018.
www.lelivrescolaire.fr

Document 3

1 Les États-Unis, destination touristique

Parole de géographes

Du cercle polaire en Alaska au tropique du Cancer, situé au nord d'Hawaï, l'immensité du territoire des États-Unis permet au pays de développer tous les types de tourisme, qu'il s'agisse d'activités balnéaires, thermales, de montagne, urbaines ou culturelles. Ceci en fait une destination de vacances privilégiée, aussi bien pour les nationaux que pour les étrangers.

Particulièrement plébiscités par les Canadiens, les Mexicains, les Britanniques et les Japonais, les États-Unis se classent au 3e rang des destinations touristiques mondiales (en 2017) avec 76,9 millions de touristes étrangers. En revanche, le pays est au premier rang en termes de recettes (211 milliards de dollars en 2017). On peut estimer que parmi les 50 premières attractions les plus visitées au monde, 26 sont situées aux États-Unis : de grandes métropoles mêlant patrimoine historique et architecture (New York, San Francisco), des parcs d'attraction (Disney) et des parcs naturels (Yellowstone), auxquels il faut ajouter les célèbres stations de ski du Colorado (Aspen) et les stations balnéaires (Hawaï, Floride).

Le tourisme est partie prenante du mode de vie des Américains même si leur nombre de jours de congé annuels est relativement restreint (15 en moyenne). Le tourisme intérieur représente ainsi 2,250 milliards de nuitées en 2017 dont 29 % pour motifs professionnels.

Christian Montès et Pascale Nedelec, spécialistes des États-Unis, *Atlas des États-Unis*, cartographie Cyrille Suss, © Éditions Autrement, 2016.

Les données ont été actualisées (2017).

Document 4

8 L'attractivité touristique de New York

« Big Apple a battu son record de fréquentation en 2017, avec 62,8 millions de visiteurs. [...] La progression concerne à la fois les touristes américains et les touristes étrangers. Ceux-ci ont été 13,1 millions à visiter New York l'an dernier, soit 20,8 % du total (mais 50 % des dépenses). Le 1er contingent de touristes vient du Royaume-Uni. Mais les Chinois arrivent juste derrière, franchissant pour la 1re fois le cap du million, suivis des Canadiens. [...] La ville est desservie par un nombre croissant de liaisons, y compris des vols *low cost*. L'offre hôtelière continue de se développer. La ville propose toujours plus d'attractions[1], comme *VR World NYC*, un centre dédié à la réalité virtuelle, *National Geographic Encounter* qui permet de voyager à travers les océans, ou encore un système de ferries reliant certains quartiers. Enfin, New York a lancé deux vastes campagnes de promotion ces derniers mois ; [elle] a notamment mis l'accent sur l'Asie et le Mexique. "Après l'élection de Donald Trump, quand on a commencé à parler du décret anti-immigration, on a ressenti un effet immédiat sur le sentiment des gens, a expliqué Fred Dixon, PDG de NYC & Company. Mais pour les touristes étrangers, voyager est presque un droit. Ils passent outre la politique." »

Nicolas Rauline, *Les Échos*, 21 mars 2018.

[1] Les principaux sites visités sont à Manhattan : Times Square, la Statue de la Liberté, Central Park, musées Guggenheim, etc.

Document 5

© Franck Mazouard

La Route 66 conserve un caractère mythique et est sans doute la plus connue des routes américaines. Depuis le début des années 1990, des mouvements se sont créés pour assurer sa préservation, et les initiatives visant à y développer le tourisme sont de plus en plus nombreuses. La route est ainsi à nouveau fléchée à plusieurs endroits sous le nom *Historic Route 66*.

© Franck Mazouard

Le parc national du Grand Canyon couvre un territoire protégé de 4 927 km^2. Il est fréquenté chaque année par plus de quatre millions et demi de visiteurs. La diversité et la singularité naturelle et paysagère du site l'ont fait reconnaître patrimoine mondial de l'Humanité par l'UNESCO en 1979.

1. Comment expliquez-vous le record de fréquentation touristique de New-York en 2017 (document 4) ?

2. Rendez compte des recettes touristiques américaines en 2017 (document 2).

3. Quels sont les différents types de tourisme proposés aux États-Unis (documents 3 et 5) ?

4. Où sont localisés les espaces touristiques états-uniens ?

5. Présentez les espaces touristiques des photos du document 5 et montrez combien ils appartiennent à la culture et à l'histoire états-unienne.

HISTOIRE-GÉOGRAPHIE

2de

5e SÉRIE

DYNAMIQUES ET RUPTURES DANS LES SOCIÉTÉS DES XVIIE ET XVIIIE SIÈCLES

PREMIÈRE LEÇON

Les Lumières et le développement des sciences

DEUXIÈME LEÇON

Tensions, mutations et crispations de la société d'ordres

TROISIÈME LEÇON

L'Afrique australe : un espace en profonde mutation

PREMIÈRE LEÇON

Les Lumières et le développement des sciences

Objectifs

Ce chapitre vise à montrer le rôle capital de l'esprit scientifique dans l'Europe des XVIIe et XVIIIe siècles.

On peut mettre en avant :
- l'essor de l'esprit scientifique au XVIIe siècle ;
- sa diffusion et l'extension de ses champs d'application au XVIIIe siècle (par exemple par *L'Encyclopédie*) ;
- le rôle des physiocrates en France ;
- l'essor et l'application de nouvelles techniques aux origines de la « révolution industrielle » ;
- le rôle des femmes dans la vie scientifique et culturelle.

Consécutivement à la Renaissance, de la fin du XVIe siècle au XVIIIe siècle, les savoirs traditionnels issus de l'Antiquité sont remis en cause. Surgissent en France et dans toute l'Europe des idées et des savoirs scientifiques nouveaux. Des hommes et des femmes avancent dans la voie de la connaissance de la nature et de l'homme à l'aide de la raison, des mathématiques et de l'expérience. Les savants échangent et confrontent leurs nouvelles connaissances au sein de salons et de sociétés savantes ou grâce aux publications comme les 35 volumes de *L'Encyclopédie*.

I - Héritage et mutations de l'esprit scientifique

A - Libération de la pensée scientifique

La Renaissance avait mis en valeur l'héritage des savants de l'Antiquité. Mais au XVIIe siècle, ces derniers sont davantage soumis à la critique. L'éloignement des références divines s'accentue. Désormais, la science doit être au service de l'homme. C'est Descartes qui ouvre la voie aux sciences appelées exactes comme les mathématiques avec son *Discours de la méthode*.

Nous avons étudié qu'au XVIe siècle, l'ouverture sur un « nouveau monde » a offert l'occasion d'élargir les connaissances des hommes sur le monde et d'enrichir de nombreuses sciences : botanique, géographie, mathématiques, astronomie, physique, médecine, etc. De nouvelles classifications sont réalisées, entre autres grâce au naturaliste suédois Carl von Linné (1707-1778).

B - Les résistances

Certains savants de l'Antiquité, notamment Ptolémée qui considérait que la terre était immobile (géocentrisme) et plate, sont restés la référence et exercent encore une influence jusqu'au XVIe siècle.

L'Église catholique mais aussi l'Église réformée refusent certaines découvertes qui remettent en cause son dogme. Ainsi en 1632, Galilée (1564-1642) est condamné par l'Église pour sa théorie de l'héliocentrisme (la Terre tourne autour du Soleil), qui s'inspire des travaux restés confidentiels de Copernic (1475-1543) sur le système astronomique : c'est le système copernicien établi grâce à une nouvelle invention, la lunette astronomique.

Descartes est accusé d'athéisme en posant le primat de la raison et de l'expérience soutenues par le doute méthodique (*Discours de la méthode*, 1637). En conséquence, l'enseignement de Descartes est interdit par de nombreuses universités, des religieux, à partir des années 1660.

Les résistances viennent aussi des autres savants qui avec les nouvelles découvertes doivent se remettre en cause en revoyant leurs connaissances et leurs théories.

Toutefois, il est à noter que ces scientifiques restent croyants dans cette société des XVIIe et XVIIIe siècles.

L'athéisme n'est pas encore envisageable pour la majorité d'entre eux. C'est le temps des débats et des doutes qui animent la communauté scientifique européenne.

C - La révolution scientifique

La méthode expérimentale remplace la méthode empirique. Auparavant, les scientifiques élaboraient leurs théories en se fondant sur l'observation et l'interprétation de phénomènes dus au hasard. Désormais les savants de l'époque moderne se basent sur un travail méthodique, plus rigoureux, qui nécessite de recommencer plusieurs fois la même expérience jusqu'à sa validation.

De nouveaux instruments sont inventés ou perfectionnés pour aider ces expériences : lunette astronomique, télescope, microscope, baromètre, thermomètre, horloge ou encore globe terrestre. Le Français Blaise Pascal invente la machine à calculer, l'Anglais Boyle fabrique une pompe à air. C'est nouveau, ces inventions sont réalisées dans des laboratoires.

II - L'accélération des découvertes scientifiques et leur diffusion

A - De la théorie à la pratique

Les avancées scientifiques poussent les savants à se spécialiser en élaborant des théories.

Ils font des progrès spectaculaires surtout en mathématiques – avec par exemple le calcul des probabilités ou le calcul infinitésimal – et en géométrie, qui aident à la connaissance de l'astronomie, de la biologie ou encore de la physique.

Au XVIIIe siècle, les avancées sont nombreuses et rapides. En 1752, Benjamin Franklin réalise une expérience sur la nature électrique de la foudre, et met au point le paratonnerre.

Antoine Lavoisier et Marie-Anne Paulze son épouse, réussissent la synthèse de l'eau à partir d'hydrogène et d'oxygène en 1770.

En 1735, des expéditions maritimes permettent de mesurer le rayon de la Terre.

Buffon commence en 1749 sa gigantesque *Histoire naturelle* et fait lui aussi progresser la classification de la nature.

Isaac Newton (1642-1727) quant à lui, révolutionne la physique dans ses *Principia mathematica* (1687) en élaborant la loi de la gravitation universelle.

En matière de guerre, le ministre Vauban révolutionne la guerre d'artillerie et de siège avec les fortifications qui portent son nom. L'École des Ponts et chaussées fondée par Trudaine forme depuis 1747 des ingénieurs civils.

Le monde agricole vit aussi une révolution avec les physiocrates et l'invention du semoir, la charrue est perfectionnée avec toutefois des effets immédiats limités.

B - Des inventions au service de l'industrie naissante

Ces découvertes ouvrent d'immenses perspectives à une industrie naissante. Des lettres patentes, ancêtres des brevets, accordées par le roi, protègent les inventions des scientifiques en leur réservant le monopole de leur exploitation. L'enjeu économique est désormais lié aux découvertes scientifiques.

Dans le textile, le métier à tisser à la main est modernisé en 1733 par la navette volante de John Kay, doublant la productivité. En 1745, Vaucanson invente le métier à tisser automatique, amélioré par Cartwright en 1784.

La machine à vapeur est inventée par Thomas Newcomen et Thomas Savery mais aussi Denis Papin en 1712. Ils mettent au point une pompe à feu, dite aussi pompe atmosphérique, pour extraire l'eau des mines. Cette invention est aussi utilisée pour le textile.

L'amélioration et le perfectionnement de la machine à vapeur par James Watt annoncent les prémices de la première révolution industrielle en Angleterre dès 1780.

C - La diffusion des sciences dans la société : une république des sciences

Jusqu'au XVIIe siècle, les savants n'intéressent guère les autorités ni l'opinion publique. La situation change au XVIIIe siècle – siècle des Lumières – et ils deviennent des sujets de débats.

Des académies sont fondées en Angleterre, la Royal Society de Londres en 1662, et l'Académie des sciences à Paris en 1666. Mais pas seulement, la province s'invite aussi dans ces débats et fonde ses propres académies.

Des écrits sont publiés pour diffuser la nouvelle pensée et les inventions. *L'Encyclopédie* de Diderot et d'Alembert reste l'ouvrage de référence mais ne doit pas occulter d'autres publications comme les *Entretiens sur la pluralité des mondes* de Fontenelle (1686). Dans une volonté de vulgariser la connaissance des sciences physiques, Fontenelle choisit de s'adresser dans ses dialogues imaginaires à une femme, indirectement à Émilie du Châtelet. Ce livre est aussi de façon détournée un plaidoyer pour l'instruction des femmes.

Le savoir est également partagé dans les salons comme celui de Madame Geoffrin ou de Madame Condorcet, dans les loges maçonniques et autres clubs. Le public intéressé réunit de quoi constituer des cabinets de curiosités.

Les cours royales manifestent aussi un grand intérêt pour ces innovations. Elles interviennent dans l'orientation des travaux des académies. Les rois financent les grands voyages d'exploration comme le voyage autour du monde de James Cook (1768-1771).

D - Le rôle de femmes dans la vie scientifique et culturelle

Dans la société du XVIIIe siècle, la femme est encore largement considérée comme inférieure aux hommes. Dans les milieux scientifiques, la situation n'est guère meilleure.

Toutefois, en France et en Europe, certaines d'entre elles ont réussi à participer à la révolution scientifique.

Au XVIIe siècle, au moment même où Molière se moque des érudites dans *Les Femmes savantes* en fustigeant leurs prétentions, l'Allemande Marie Cunitz mathématicienne et astronome, traduit et vulgarise les travaux de l'astronome Kepler. À la même époque, en Italie, Elena Cornaro Piscopia est la première femme docteur de l'université dans les mêmes spécialités.

Si de nombreux penseurs du XVIIIe siècle prennent fait et cause pour une certaine égalité entre hommes et femmes d'une manière générale (Voltaire, Condorcet, Diderot, etc.), d'autres comme Rousseau refusent d'affranchir la femme de sa sujétion à l'homme.

La plus connue est Émilie du Châtelet (1706-1749) qui traduisit et commenta les *Principia* de Newton en 1756. Voltaire l'encouragea dans ce travail car il lui reconnaissait plus d'aptitude que lui en sciences physiques. Émilie du Châtelet contribua aussi à diffuser le travail du physicien allemand Leibniz. Elle fut élue membre de l'Académie des sciences de l'Institut de Bologne en Italie.

Deux autres Françaises se firent connaître pour leurs compétences en physique : Sophie Germain (1776-1831) et Marie-Anne Paulze Lavoisier (1758-1836). Le père de la première, révolutionnaire de la première heure, refusa d'instruire sa fille qui par conséquent le fit seule. Elle choisit de publier des articles scientifiques sous un pseudonyme masculin, monsieur Le Blanc – pour plus de crédibilité. La seconde vécut dans l'ombre de son mari, le scientifique Lavoisier, et fut considérée comme une simple assistante dans ses recherches, le contraire fut démontré récemment.

Dans la très catholique Italie, Laura Bassi (1711-1778), physicienne et médecin, fut la deuxième femme à obtenir le grade de docteur de l'université de Bologne et surtout la première à enseigner dans cette même université l'anatomie en 1731. De plus, fait exceptionnel à l'époque, elle put publier en son nom propre ce qui ne fut pas seulement des traductions commentées. Contemporaine, une autre mathématicienne Maria Agnesi (1718-1799) fut aussi reçue docteure de l'université de Bologne.

Point de passage et d'ouverture
Exercice 32

Galilée, symbole de la rupture scientifique du XVIIe siècle

Galilée défend Copernic

Galilée devant le Saint-Office, J. N. Robert-Fleury, 1847, musée du Louvre.

« J'espère démontrer avec plus de zèle et de piété que ne font mes adversaires, quand je propose non pas de ne pas condamner son livre, mais de ne pas le condamner comme on le voudrait, dans l'avoir compris, entendu, ni même vu (...). Le motif qu'on invoque pour condamner l'opinion de la mobilité de la Terre et de la stabilité du Soleil, c'est qu'en plus d'un passage des Ecritures on lit que le Soleil se meut et que la Terre reste immobile ; or, comme l'Ecriture ne peut jamais mentir ni errer, il s'ensuit donc que l'affirmation contraire serait erronée et condamnable (...). En s'obstinant à vouloir exposer l'Ecriture dans son sens nu et littéral, on risquerait de se tromper et d'y faire apparaître, non seulement des contradictions et des propositions éloignées de la vérité, mais encore de graves hérésies et même des blasphèmes : on serait amené à attribuer à Dieu des pieds, des mains, des yeux, des passions corporelles et humaines telles que la colère, le repentir, la haine aussi, parfois l'oubli du passé et l'ignorance de l'avenir ».

Galilée, Lettre à Christine de Lorraine, grande-duchesse de Toscane, 1615.

1. Quelles sont les thèses de Copernic ? En quoi diffèrent-elles de celles de l'Église ?

2. Quelle démarche adopte Galilée pour élaborer sa thèse ?

3. Comment Galilée se montre-t-il prudent ? Pourquoi se montre-t-il prudent ?

4. Comment l'Église réagit-elle à la thèse de Galilée ? La victoire de cette dernière est-elle définitive ?

Exercice 33

1712 - Thomas Newcomen met au point une machine à vapeur pour pomper l'eau dans les mines.

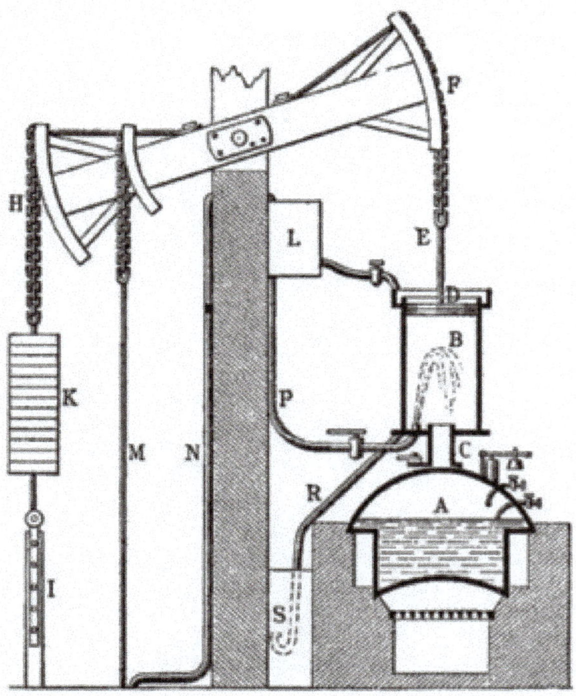

Machine à vapeur de Newcomen, dans l'encyclopédie Meyers, 1890.

Au XVIIIe siècle, l'invention de la machine à vapeur découle des travaux de Papin qui découvre les propriétés de la vapeur (1707), de Newcomen qui crée une « pompe à feu » pour puiser l'eau des mines (1712) et de James Wyatt qui multiplie l'efficacité motrice de la vapeur (1764) grâce à un condensateur, et transforme le mouvement des pistons en mouvement continu.

James Watt, la vapeur et l'industrialisation

L'industriel Matthew Boulton (1728-1809), associé à James Watt, installe des centaines de machines à vapeur en Grande-Bretagne ; il fait figure de pionnier de l'industrialisation.

Je prends la liberté de vous écrire en faveur de mon ami M. James Watt, un ingénieur qui a l'intention de demander au Parlement une prolongation de la période du privilège exclusif accordé par le brevet de Sa Majesté, et qu'il a déjà obtenu pour des améliorations capitales qu'il a lui-même apportées aux machines à vapeur.
Vous connaissez la grande utilité de ces machines à vapeur dans les mines de charbon, de plomb, de cuivre et d'étain, et dans les autres domaines où l'on requiert sa grande puissance, mais je me permets cependant de faire remarquer que les projets de M. Watt, s'ils sont menés à bien, rendront plus utiles encore les machines à vapeur en divisant leur prix par quatre, et en les appliquant à une plus grande variété de domaines et de manufactures pour lesquels elles ne sont pas actuellement adaptées. [...] Je pense que ses compétences et mes capitaux pourraient être mieux employés, si le Parlement pouvait lui accorder une prolongation de son brevet qui arrive bientôt à terme.

Lettre de Matthew Boulton au président du Board of Trade, le 22 février 1775.

1. Comment est inventée la machine à vapeur et par qui ?

____

____

2. Quelles innovations apporte James Watt à la machine ?

____

____

3. Comment passe-t-on de l'invention à l'industrialisation ?

____

____

4. Recensez les principales applications de la machine à vapeur.

____

____

Exercice 34

Émilie du Châtelet, femme de science

Gabrielle Émilie Le Tonnelier de Breteuil, marquise du Châtelet (1706-1749), mathématicienne et physicienne française, Maurice-Quentin de La Tour.

Frontispice de la traduction des *Principia* de Newton

Une œuvre de pédagogie

La réputation scientifique d'Émilie du Châtelet s'établit grâce à la *Dissertation sur la nature et la propagation du feu* (1739) et surtout grâce aux *Institutions de physique* (1740).

Je me suis souvent étonnée que tant d'habiles gens que la France possède ne m'aient pas précédée dans le travail que j'entreprends ici pour vous[1], car il faut avouer que quoique nous ayons plusieurs excellents livres de physique en français, cependant nous n'avons point de physique complète, si on en excepte le petit traité de Rohaut, fait il y a quatre-vingts ans. Mais ce traité, quoique très bon dans le temps où il a été composé, est devenu très insuffisant par la quantité de découvertes qui ont été faites depuis [...]. Je ne me propose dans cet ouvrage que de rassembler sous vos yeux les découvertes éparses dans tant de bons livres latins, italiens, et anglais ; la plupart des vérités qu'ils contiennent sont connues en France de peu de lecteurs, et je veux vous éviter la peine de les puiser dans des sources dont la profondeur vous effraierait, et pourrait vous rebuter.

Émilie du Châtelet, avant-propos des *Institutions de physique*, 1740.

[1] Mme du Châtelet s'adresse à son fils Louis Marie Florent.

1. Quel rôle Émilie du Châtelet joue-t-elle dans la vie intellectuelle au XVIIIe siècle ?

---

2. Comment se fait la circulation du savoir entre savants ?

---

3. Comment se positionnent les philosophes et scientifiques des Lumières vis-à-vis des femmes en général et des savantes en particulier ?

DEUXIÈME LEÇON

Tensions, mutations et crispations de la société d'ordres

Objectifs

Ce chapitre vise à montrer la complexité de la société d'ordres.

On peut mettre en avant :
- le poids de la fiscalité et des droits féodaux sur le monde paysan ;
- une amélioration progressive de la condition des paysans au XVIIIe siècle ;
- le monde urbain comme lieu où se côtoient hiérarchies traditionnelles (juridiques) et hiérarchies nouvelles (économiques) ;
- le maintien de l'influence de la noblesse ;
- les femmes d'influence dans le monde politique, littéraire, religieux…

À la fin du XVIIIe siècle, la société de l'Ancien régime issue de la féodalité, divisée en trois ordres (la noblesse, le clergé et le tiers état), est remise en question. Les critiques contre l'absolutisme se sont accentuées, et une évolution fondée sur la richesse tend à apparaître pour laisser la place à une société de classe. Une période de crise, aux aspects variés, accompagne les mutations sociales, économiques et intellectuelles.

I - Une société de l'Ancien régime en crise

A - Une société d'ordres

L'organisation sociale de la France n'a pas changé depuis le Moyen Âge. La société d'ordres ne correspond plus à la société française de la fin du XVIIIe siècle. En effet :

- Le clergé chargé de conduire le peuple chrétien vers son salut est exempté d'impôts et touche la dîme (10 % des récoltes) mais en reverse une partie au roi.

- La noblesse (d'épée, de sang, de robe) n'exerce plus un rôle protecteur puisqu'il existe une armée royale. Mais elle continue à vivre de ses rentes (qui proviennent du travail des paysans et des pensions versées par le roi). Une telle situation semble de plus en plus injustifiée.

- Le tiers état constitue le reste de la population, soit environ 27 millions de personnes. Par conséquent, il existe différents sous-classements en son sein, entre paysans et bourgeoisie et entre riches et pauvres. Le paysan se sent accablé d'impôts et d'obligations alors qu'il représente l'immense majorité de la population qui travaille. La bourgeoisie qui en fait partie est devenue le groupe le plus dynamique et le plus entreprenant : c'est elle qui crée la richesse. Elle est parfois plus riche que la noblesse mais ne dispose pas des mêmes droits ni des mêmes pouvoirs.

Une telle situation provoque de multiples tensions sociales :

- Les paysans supportent de plus en plus mal de devoir payer des impôts et des redevances aux seigneurs.

- Les nobles souvent endettés, veulent au contraire faire payer de vieux droits tombés dans l'oubli.

- La bourgeoisie jalouse les privilèges des nobles. Elle se sent exclue de nombreux postes.

En réalité, une société de classes s'est déjà substituée à cette société d'ordres : les classes sociales se définissent essentiellement en fonction de leur richesse. Or, il existe des riches et des pauvres dans chacun des trois ordres.

B - Le monde des campagnes, un monde figé dans le temps

Au XVIIIe siècle, 90 % de la population française vivent dans les campagnes. Le clergé, la noblesse et les paysans du tiers état y sont surtout représentés. La majorité d'entre eux cultivent la terre au rythme du calendrier ancestral des travaux agricoles en pratiquant le système d'assolement triennal (jachère). Le prêtre à la tête de sa paroisse assure parfois quand il en a la volonté et les moyens – car il est souvent aussi pauvre que ses paroissiens – l'éducation et l'assistance aux pauvres et aux malades.

Parmi ces paysans, plusieurs catégories se dessinent :

- Le gros paysan, propriétaire d'une ferme et d'outillage agricole ;
- La paysannerie moyenne qui augmente ses revenus avec une activité artisanale ;
- Et les manouvriers, ceux qui n'ont que leur force de travail à louer.

La société féodale mise en place au début de l'an mille reste d'actualité huit siècles plus tard. La seigneurie féodale se divise toujours entre la foncière (le propriétaire des terres) et la banale qui impose aux paysans de payer pour utiliser certains équipements seigneuriaux comme le four, le pressoir ou le moulin.
En plus de ce droit du ban, le paysan doit payer d'autres redevances comme la taille, la gabelle, le cens ou encore le champart, sans parler des corvées. Résultat, il ne lui reste que très peu pour vivre.

C - Un monde des campagnes : entre crises et progrès

La réaction nobiliaire exigeant toujours plus d'impôts, les mauvaises récoltes et la rareté des grains ont pour résultat des révoltes modestes certes, mais annonciatrices d'une fatigue d'un système qui s'épuise.
La révolte des Va-nu-pieds, en 1639 en Normandie, est liée à une augmentation de la gabelle alors que celle des Bonnets rouges en 1675, lutte contre l'imposition du papier timbré par le ministre Colbert. Ces révoltes sont toutes réprimées avec violence par l'autorité royale.

Pourtant, parallèlement, une lente amélioration de la situation des paysans se manifeste. La production agricole augmente de 40 %. Des outils sont inventés ou améliorés, comme vu précédemment, de nouvelles terres sont défrichées et l'introduction du maïs et de la pomme de terre améliore significativement l'alimentation des paysans. L'école des physiocrates représentée entre autres par François Quesnay, liée à la production agricole, a tenté d'améliorer le sort de ces populations, sans résultats significatifs. Là encore, seuls les riches laboureurs profitent de ces innovations, la situation de la plupart des manouvriers reste précaire.

II - Un monde urbain en plein essor

A - Une croissance démographique et économique significative

La croissance démographique observée au XVIIIe siècle et liée aux progrès sanitaires a surtout bénéficié aux villes. Près de 20 % des 27 millions de Français sont des urbains. On estime que Paris comptait 500 000 habitants au milieu du siècle. Le commerce avec les Antilles a bénéficié aux ports atlantiques qui connaissent un bel essor. L'industrie manufacturière se développe dans les villes comme Lyon qui devient la capitale de la soie.

En ville, les trois ordres sont représentés. La haute aristocratie réside dans des hôtels particuliers. La noblesse de robe règne sur les parlements. Membres du tiers état, les grands bourgeois, financiers et grands commerçants, représentent une classe aisée détenant un pouvoir de plus en plus important.
La bourgeoisie urbaine composée de marchands, d'artisans organisés en communautés de métiers, constitue avec les boutiquiers, la notabilité urbaine.

B - Les Lumières de la ville

Les cabinets de lecture permettent de diffuser la philosophie des Lumières et les idées scientifiques.
Les salons sont d'autres lieux de débats. La riche bourgeoisie accueille dans ses hôtels des philosophes, des

savants, des hommes de lettres, des penseurs politiques ainsi que des personnalités influentes de la noblesse et de la bourgeoisie.
Sont réputés les salons de Madame Geoffrin, de Madame de Tencin ou encore de Madame Condorcet, femmes cultivées en général. Rousseau, Voltaire, Quesnay, Diderot, Montesquieu ou encore Buffon sont reçus dans ces lieux où les réputations se font et se défont.

Vocabulaire

Bourgeoisie : Ensemble de personnes habitant en ville exerçant des métiers leur permettant de bénéficier d'un bon niveau de vie.

Crise de subsistances : Manque de nourriture.

Cahiers de Doléances : Cahier dans lequel chaque ordre devait mettre par écrit ses revendications et ses souhaits pour les faire connaître au roi.

États généraux : Réunion des représentants des trois ordres du royaume autour de la personne du roi.

Exercice 35

1. Qu'est-ce que la physiocratie ?

---

2. Décrivez ceux qui composent le tiers état ?

---

3. Décrivez ceux qui composent la noblesse ?

Point de passage et d'ouverture
Exercice 36

1639 - La révolte des va-nu-pieds et la condition paysanne

La misère des peuples

Toutes sortes de calamités ont affligé cette pauvre Province : la peste universelle a dépeuplé plusieurs bourgs et paroisses que les gens de guerre avaient ruinés, la stérilité de la dernière année, causée par des sécheresses, a réduit beaucoup de misérables à la pâture des bêtes ; l'excès des tailles et des impôts fait regorger vos prisons en tous lieux. (...) Sire, il est temps ou jamais que vous preniez pitié de votre pauvre peuple, et sa misère est en un point où le secours viendra toujours trop tard.

Charles de Beaurepaire, Cahier des États de Normandie, 1638, articles XXXVIII et XXIX.

Les causes directes de la révolte

Les désordres de la province de Normandie sont arrivés de ce qu'au mois de juin dernier, il courut un bruit, en Basse-Normandie (...) qu'il y avait un article qui portait que la gabelle devait être établie aux élections d'Avranches, Valognes, Carentan, Coustances et Mortaing. Ceux qui semaient ces bruits disant hautement qu'il ne fallait souffrir cet établissement et changement, qui causeraient la ruine et la désolation. (...) Ces discours alarmèrent tellement le pays que tous ceux qui y arrivaient des provinces, même des villes voisines, passaient pour des établisseurs des nouveaux droits.

Relation de la révolte de Basse-Normandie, date inconnue.

La répression de la révolte

Le colonel Gassion fut commandé de prendre les meilleures troupes de l'armée de Picardie, et s'avancer pour dissiper ces factions, châtier leurs auteurs et remettre au devoir les villes qui fomenteraient la rébellion. (...) (A Avranches) quatre de leurs principaux chefs se trouvèrent au nombre des morts, lesquels étaient de trois cents et plus, celui des prisonniers un peu moindre, les autres cherchèrent à se sauver par la fuite ; mais étant tombés entre les mains du sieur de Tourville qui était de l'autre côté d'Avranches avec soixante chevaux, il les chargea si vivement qu'après en avoir tué plus de la moitié, il contraignit le reste à se jeter dans l'eau ou plusieurs furent noyés. (...).
Si tôt que le combat donné aux portes d'Avranches fut terminé par la mort ou la prise des principaux auteurs de la sédition, le colonel Gassion désarma les habitants d'Avranches, et fit marcher ses troupes vers Rouen comme à la seule ville qu'il fallait avoir pour remettre en devoir toutes les autres de la province.

Le Mercure Français, tome XXIII, 1639.

1. Dans quel contexte se déroule la révolte des va-nu-pieds ?

2. Relevez les différentes causes de la révolte.

3. Décrivez et situez les principales phases de la révolte.

4. Comment le roi rétablit-il l'ordre ?

Exercice 37

Un salon au XVIIIe siècle

Anicet Lemonnier, Lecture de la tragédie de l'Orphelin de la Chine de Voltaire dans le salon de Madame Geoffrin, 1812, château de Malmaison.

Le salon littéraire et philosophique de madame Geoffrin à Paris en 1755. Sont représentés sur cette reconstitution Voltaire, Diderot, Alembert et Rousseau.

Le témoignage d'un habitué

« Assez riche pour faire de sa maison le rendez-vous des lettres et des arts, Madame Geoffrin avait fondé chez elle deux dîners, l'un (le lundi), pour les artistes ; l'autre (le mercredi), pour les gens de Lettres ; elle avait le bon esprit de ne parler jamais que de ce qu'elle savait très bien, et de céder, sur tout le reste, la parole à des gens instruits, toujours poliment attentive. Il n'arrivait d'aucun pays ni prince, ni ministre, ni hommes ou femmes de nom qui, en allant voir Madame Geoffrin n'eussent l'ambition d'être invités à l'un de nos dîners et ne se fissent un grand plaisir de nous voir réunis à table ».

D'après J. F. Marmontel (l'auteur est un homme de Lettres, il a collaboré à l'*Encyclopédie*),
Mémoires d'un père pour servir à l'instruction de ses enfants, 1800.

Montrez que le salon de Madame Geoffrin participe à la diffusion des idées des Lumières, en France et en Europe.

Exercice 38

Les ports français et le développement de l'économie de plantation et de la traite

Le port de Nantes au XVIIIe siècle. Estampe en couleurs de Nicolas Ozanne, 1776, archives municipales de Nantes.

Les intérêts des commerçants nantais

La traite qui se fait aux côtes d'Afrique est très avantageuse à la navigation, au commerce et aux colonies françaises. Elle encourage la construction et l'armement des vaisseaux ; elle occupe un nombre infini d'ouvriers, de matelots et navigateurs ; elle procure de grands débouchés aux denrées et marchandises ; enfin, sans elle, il serait impossible de pouvoir cultiver nos îles de l'Amérique. Les retours qui proviennent de la traite consistent en Noirs, en poudre d'or, en gomme, en ivoire, en cire et en vivres pour les navires qui fréquentent ces parages. Le travail des Nègres fournit à la France le sucre, le café, le cacao, l'indigo, le coton et autres denrées qui enrichissent continuellement le royaume, qui augmentent les revenus de l'État et l'aisance publique ; il convient donc de protéger et d'encourager ce commerce par toutes sortes de moyens.

Mémoire des négociants de Nantes envoyé à M. de Sartine, secrétaire d'État de la Marine et des Colonies, 25 septembre 1777. Archives départementales de la Loire-Atlantique.

1. Relevez les avantages de la traite négrière selon les négociants de Nantes.

2. Quels éléments montrent la puissance et la prospérité du port de Nantes ?

TROISIÈME LEÇON

L'Afrique australe : un espace en profonde mutation

Questions

- Des milieux à valoriser et à ménager.
- Les défis de la transition et du développement pour des pays inégalement développés.
- Des territoires traversés et remodelés par des mobilités complexes.

Commentaire

L'objectif est de comprendre comment une aire géographique est concernée par les processus étudiés au cours de l'année de seconde. L'Afrique australe se caractérise par une grande diversité de milieux, exploités pour leurs ressources. Ces milieux sont soumis à une pression accrue liée aux défis démographiques, alimentaires, sanitaires, aux contextes politiques et à certains choix de développement.

Les transitions, qu'elles soient démographiques, économiques, urbaines ou environnementales, y sont marquées par leur diversité et leur rapidité. Le niveau de développement, le niveau d'intégration des territoires dans la mondialisation et les choix politiques influencent les différences de trajectoires de ces transitions. Les inégalités et les logiques ségrégatives y sont particulièrement marquées.

Cet espace se caractérise également par des flux migratoires complexes, entre exil, transit et installation pour les migrants internationaux, et affirmation de mobilités touristiques (écotourisme, safaris…), créatrices de nouvelles inégalités territoriales.

L'idée, en proposant de conclure le programme de géographie par l'étude d'une aire géographique comme celle de l'Afrique australe, est de proposer sous une forme applicative, d'exemple, l'ensemble des points étudiés dans le programme de seconde. Toutes les thématiques (risques naturels, ressources et données environnementales, population et développement, mobilités et transports) sont reprises dans cette dernière étude régionale.

Ministère de l'Europe et des Affaires étrangères, direction des Archives (pôle géographique) © Juillet 2019

I - Une région de grande diversité

A - 13 pays, entre diversité et points communs

On entend par Afrique australe, l'ensemble des territoires situés au sud de la forêt équatoriale africaine. 13 pays constituent la région, dont les îles africaines du sud-ouest de l'océan Indien.

Au sud, on trouve l'Afrique du Sud, ainsi que deux petits États : le Lesotho, enclavé dans l'Afrique du Sud, et le Zwaziland appelé aussi Eswatini.

Au nord de l'Afrique du Sud se trouvent les États côtiers : la Namibie puis l'Angola à l'ouest, le Mozambique à l'est.

Dans la partie centrale de l'Afrique australe, on trouve des États enclavés, sans accès à la mer : le Botswana, le Zimbabwe, la Zambie et le Malawi.

À l'est du continent, l'île de Madagascar, l'archipel des Comores mais aussi des territoires non autonomes sous souveraineté de la France dont Mayotte, territoire français d'outremer, et la Réunion, département français.

À l'ouest, sous souveraineté du Royaume-Uni, dans l'océan Atlantique, les territoires d'outre-mer de Sainte-Hélène, Ascension et Tristan da Cunha.

B – Un climat et un milieu naturel variés

L'Afrique australe regorge de nombreux milieux naturels marqués au nord par l'influence tropicale avec une longue saison des pluies (forêt tropicale, savane).

Au cœur de la zone étudiée, au Malawi et en Zambie, les montagnes au sud ainsi que la présence des Grands Lacs rendent la région fraîche et humide.

Un climat tropical sec abrite un milieu de savanes et de steppes, une faune riche.
En Afrique du Sud et en Namibie, le climat est plus désertique (désert du Kalahari).
Sur la côte méridionale, on trouve des influences océaniques voire un milieu de type méditerranéen.
Sur les îles de l'océan Indien, à Madagascar, le climat est de type tropical humide.

C - De nombreuses ressources énergétiques et leur exploitation

Le sous-sol de l'Afrique australe appelée aussi « l'Afrique des mines » regorge de nombreuses richesses.

L'Angola, l'Afrique du Sud et le Mozambique possèdent d'importants gisements pétroliers offshore.

L'Afrique du Sud et à moindre échelle d'autres États jouissent d'importantes ressources minières (charbon, uranium, or, diamants, chrome, platine, cuivre).

L'exploitation de ces nombreuses ressources énergétiques ont causé des atteintes aux différents milieux naturels. Les rivières et les eaux souterraines sont polluées.

La déforestation est une des autres conséquences de l'exploitation des richesses régionales.

Par conséquent, une protection de ces milieux est nécessaire et peut devenir un modèle économique touristique avec le développement de réserves et de parcs naturels.

À l'heure actuelle, 85 % de l'énergie consommée dans la région est encore d'origine fossile malgré la présence d'énergies renouvelables telles que le soleil, le vent ou l'eau.

L'exploitation des terres agricoles, passant d'un système vivrier à un système productiviste, implique une exploitation plus importante des ressources en eau et la déforestation entraîne une transformation des milieux naturels. Le phénomène de land grabing, c'est-à-dire l'achat de terres agricoles par des pays extérieurs à la région, risque de poser la question de la redistribution des revenus.

L'Afrique australe

Le sud du continent africain présente des paysages très variés : désert dans le Sud-Ouest, savane dans l'Est et végétation luxuriante sur la côte du Mozambique. On y trouve le désert le plus aride du monde : le Namib.

II - L'Afrique australe : de la transition à la mondialisation

A - Développement économique : un géant économique et des inégalités régionales

Le développement économique de l'Afrique australe est en progression même si les potentiels économiques des 13 États sont différents. L'Afrique du Sud en est la première économie (60 % du PIB régional), en effet depuis la fin de l'Apartheid en 1994, elle bénéficie d'une croissance continue. L'Afrique du Sud fait partie des puissances émergentes, les BRICS (acronyme anglais pour désigner le Brésil, la Russie, l'Inde, la Chine et l'Afrique du Sud). Ce succès bénéficie aux économies voisines, Botswana, Namibie, Angola et Mozambique, alors que d'autres ne voient toujours pas leur économie décoller (Swaziland, Zambie, Lesotho).

La fin de la ségrégation raciale et des guerres civiles a rendu la région attractive aux yeux des investisseurs étrangers, qui s'intéressent particulièrement à l'Afrique du Sud. L'autre conséquence positive est l'émergence d'une classe moyenne dans les grandes villes.

L'Afrique du Sud a construit un secteur économique complet intégrant filières amont et aval, marquant ainsi son indépendance. D'autres pays de la région n'ont pas encore réussi à sortir de l'exploitation d'une seule ressource, restant dépendants d'un marché.

B - Des territoires favorisés plus que d'autres

Comme souvent la géographie des territoires explique le développement ou les difficultés de certains espaces. Les disparités se retrouvent tant entre États qu'en leur sein, et comme souvent entre milieu rural et milieu urbain bénéficiant ou non de transports. En Afrique australe, les littoraux sont là comme ailleurs, des lieux de développement économiques. Les grands ports d'Afrique du Sud, Durban et Le Cap, sont des lieux d'importation et d'exportation de marchandises avec leurs terminaux pétroliers.

L'insertion dans la mondialisation conduit certains pays comme Madagascar à être encore dépendants de grandes puissances économiques.

La géographie mais aussi l'histoire expliquent les succès ou les difficultés du développement des pays de la région. L'héritage colonial reste très présent. Les tensions sociales demeurent présentes et la population noire ne bénéficie pas toujours des succès économiques de l'Afrique du Sud. Une criminalité importante en est la conséquence. L'Afrique du Sud a l'indice de Gini le plus fort du monde. Enfin, le taux de natalité et d'espérance de vie est en augmentation en Afrique du Sud qui poursuit sa lutte contre l'épidémie de VIH.

C - Des territoires de transition et de migration

163 millions d'habitants vivent en Afrique australe. L'Afrique du Sud, avec ses 55 millions d'habitants, est le pays le plus peuplé suivi par l'Angola (30 millions). La transition démographique de l'Afrique australe est entrée dans sa deuxième phase.

L'Afrique australe est un territoire de migrations et cela depuis le XVIIe siècle avec l'arrivée des populations européennes (Hollandais et Anglais). Puis au début du XXe siècle, une population indienne commerçante s'installe alors que des migrants des pays voisins viennent en tant que main-d'œuvre pour l'exploitation des mines.

Aujourd'hui, la région, surtout l'Afrique du Sud, reste un territoire attractif pour des raisons économiques. 4.5 millions de migrants peuplent l'Afrique australe. Les migrations au sein même de la région sont légèrement majoritaires (53 %). Il existe aussi des flux migratoires des campagnes défavorisées vers les villes.

Les raisons pour lesquelles les populations des pays voisins migrent vers l'Afrique du Sud sont surtout économiques mais elles peuvent aussi être politiques car ces pays ne sont pas tous stables (guerres, gouvernement instable…).

À l'inverse, deux millions d'habitants ont quitté l'Afrique australe vers l'Europe, l'Asie, d'autres pays africains ou l'Amérique du Nord, souvent de jeunes diplômés en quête d'un avenir meilleur (brain drain, 75 % des jeunes diplômés).

Ces migrations, sources de richesse, peuvent aboutir à des tensions sur fond d'insécurité et de violences xénophobes.

Exercice 39

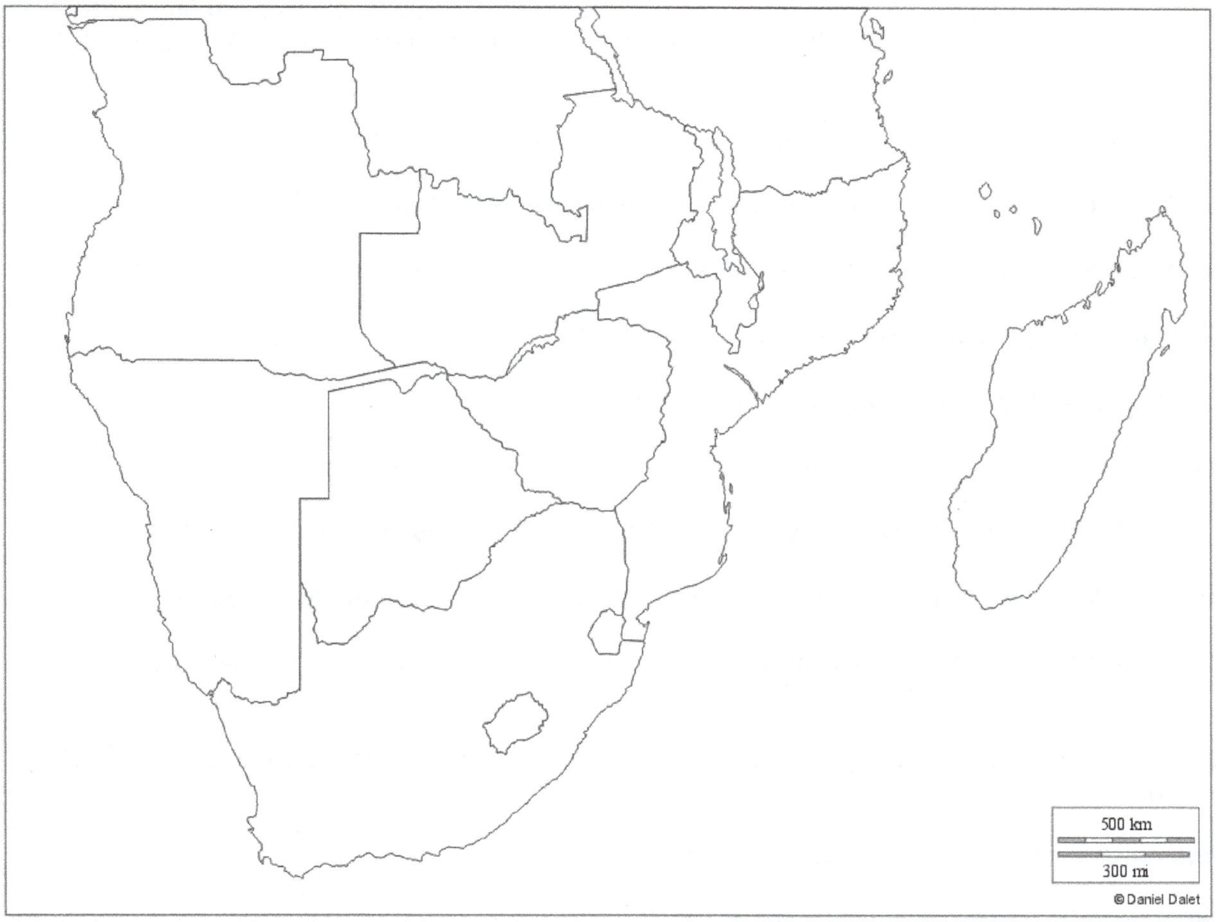

1. Complétez la carte en y intégrant les pays de l'Afrique australe sans oublier de placer les capitales.
2. Donnez un titre et une légende à cette carte.
3. Rappelez les richesses minières de l'Afrique australe.

---

4. Rappelez les pays qui constituent les BRICS.

---

5. Citez les deux principaux ports d'Afrique australe.

Vocabulaire

Apartheid : régime politique séparant blancs et non-blancs dans l'espace, en leur attribuant des droits différents. Le mot « Apartheid » signifie séparation, mise à part. L'Apartheid a été aboli le 30 juin 1991 en Afrique du Sud.

Aridité : sécheresse importante (précipitations annuelles inférieures à 200 mm).

Bantoustan : territoire où étaient reléguées les populations noires pendant l'Apartheid.

Biodiversité : ensemble des êtres vivants et des interactions qui les unissent.

Braconnage : chasse illégale de certaines espèces protégées.

***Central Business District* (CBD) :** quartier des affaires.

Écotourisme : tourisme qui défend le respect de l'environnement.

Enclavement : situation d'un pays ou d'une région difficile d'accès ou qui n'a pas d'accès à la mer.

Endoréisme : fait qu'un cours d'eau ne rejoigne pas la mer mais se jette au milieu des terres.

***Gated communities* :** communautés fermées, c'est-à-dire résidences sécurisées en général destinées aux classes moyennes ou aisées dans une logique de l'entre-soi.

***Peace Parks* :** parcs naturels protégés et transfrontaliers, qui permettent à deux pays de coopérer à une échelle locale.

Réforme agraire : processus de redistribution des terres agricoles.

***Township* :** quartier réservé aux non-blancs durant l'Apartheid. Les *townships* demeurent des quartiers très majoritairement noirs.

Indice de Gini : L'indice (ou coefficient) de Gini est un indicateur synthétique permettant de rendre compte du niveau d'inégalité pour une variable et sur une population donnée. Il varie entre 0 (égalité parfaite) et 1 (inégalité extrême). Entre 0 et 1, l'inégalité est d'autant plus forte que l'indice de Gini est élevé.

CORRIGÉ DES EXERCICES

2de

HISTOIRE - GÉOGRAPHIE

Exercice 1

1. L'Ecclésia, la Boulé.

2. Athènes comptait alors environ 40 000 citoyens.

3. L'ecclésia sert à voter les lois.

4. Périclès.

5. Les femmes, les enfants, les esclaves.

Exercice 2

1. Les guerres médiques opposent les Grecs aux Perses de l'Empire achéménide.

2. La guerre du Péloponnèse oppose la ligue de Délos (les Grecs) et la ligue du Péloponnèse (Sparte).

3. Le coup d'État des Quatre-Cents en - 411 renverse la démocratie.

4. La Ligue de Délos est une alliance militaire conclue en 478 av. J.-C. entre des cités grecques rassemblées autour d'Athènes.

5. Les guerres médiques opposent les empires perse et grec. Les Grecs sont vainqueurs grâce à Athènes.

Exercice 3

1. Thucydide : historien grec (460 av. J. C. – 400 av. J. C.). Auteur de la Guerre du Péloponnèse. Mais aussi homme politique, issu d'une famille fortunée, élu stratège, il doit ramener l'ordre en Thrace avec une flotte. Il échoue dans sa mission et est condamné à l'exil pendant 20 ans. C'est durant cet exil qu'il rédigea son unique œuvre *Thucydide l'Athénien a raconté la guerre des Péloponnésiens et des Athéniens.*

2. À l'origine, la Ligue de Délos a été créée pour lutter contre l'ennemi perse lors des guerres médiques. Elle a ensuite lutté contre les Spartiates lors des guerres du Péloponnèse. Vaincue, elle fut dissoute par Sparte.

3. Les cités se révoltent car Athènes a des exigences de plus en plus importantes. Au sein de la ligue de Délos, les cités grecques devaient payer un tribut en échange de la protection d'Athènes. Mais ce tribut augmentait régulièrement et la période de paix leur laissait penser qu'ils n'avaient plus besoin de la protection de la flotte athénienne.

4. À la tête de la ligue de Délos, Athènes s'engage à protéger d'autres cités grecques. Peu à peu, les liens entre ces cités et Athènes peuvent être qualifiés de vassaux et doivent payer un tribut. Le trésor de Délos est transféré en - 454 à Athènes. Le modèle athénien est diffusé, obligation d'utiliser les monnaies et unités de poids et de mesures athéniennes. L'autorité judiciaire est transférée à Athènes.

5. La Ligue de Délos est dissoute en - 404 après sa défaite face à Sparte à la fin de la guerre du Péloponnèse.

Exercice 4

1. La Pax romania

2. Marc-Antoine et Cléopâtre.

3. Trajan.

4. L'Édit de Caracalla en 212.

5. Processus d'acculturation par l'adoption de la langue latine et de la culture romaine dans l'aire d'influence de l'Empire romain. La romanisation se diffuse dans l'empire à partir de l'élite sociale des provinces.

Exercice 5 - Analyse de documents

1. Dion Cassius (v.155 - v.235) est un historien et sénateur d'origine grecque, contemporain et proche de la dynastie des Sévères. Connu pour son *Histoire romaine*, ouvrage de 80 livres qui retracent les 973 ans de la vie de Rome, de sa fondation à Alexandre Sévère en 229.

2. Auguste présente son règne comme une succession de succès, pacifique, consensuel, etc.

3. Cassius est très critique vis-à-vis d'Auguste. Il l'accuse de rouerie avec les sénateurs sous couvert d'égalité. C'est par la ruse politique qu'Auguste a réussi à s'imposer d'après Don Cassius.

Exercice 6

1. L'empereur Constantin tolère le christianisme en 313 avec l'édit de Milan et en 380, l'empereur Théodose fait du christianisme la religion d'État.

2. 285-286 et 1453.

3. IVe siècle.

4. Théodose en 380.

5. Les martyrs de Lyon sont un groupe de 47 chrétiens martyrs à Lyon en 177 sous l'empereur Marc Aurèle. La plus connue est Blandine, jeune esclave devenue sainte et fêtée le 2 juin.

Exercice 7 – Analyse de documents

1. Historien chrétien de langue grecque. Composa entre les années 440 et 450 une *Histoire ecclésiastique* allant de 323 à 425. Somozène présente Constantin comme le fondateur de l'Église chrétienne dans l'empire romain.

2. Constantin (272 - 306), 34e empereur romain en 306. Mène une vie politique, militaire, religieuse et économique profondément réformatrice.

3. Il mit fin aux persécutions des chrétiens par l'édit de Milan en 313 favorisant l'essor du christianisme. Il affirme son autorité dans le domaine religieux (césaropapisme) en convoquant le premier concile de Nicée en 325.

4. Rome n'est plus dans Rome. La fondation d'une nouvelle capitale est décidée pour mieux dominer l'empire. Constantin se décide pour Byzance en 324, ville qui devient une « Nouvelle Rome » à qui il

donne son nom, Constantinople, en 330. La ville est reconstruite sur le modèle de Rome et compte déjà 100 000 habitants.

Exercice 8 - Point de passage

1. 8 croisades

2. La 2e croisade fut lancée suite à la chute d'Edesse (premier État latin d'Orient) en 1144.

3. Bernard de Clairvaux (1090 – 1153) fut un grand réformateur de la vie religieuse catholique. Promoteur de l'ordre cistercien, il recherche l'amour du Christ par la mortification la plus dure. Conservateur, il fustige les mutations et les réformes de son époque.

4. Ordre religieux et militaire issu de la chevalerie chrétienne créé en 1129, œuvra à l'accompagnement et à la protection des pèlerins pour Jérusalem lors des croisades. L'ordre fut dissous sous le règne de Philippe le Bel.

5. Bernard de Clervaux promet l'absolution de tous les péchés à ceux qui partiraient en croisade.

Exercice 9

1. La Sérénissime s'est progressivement constituée autour de Venise, a annexé des territoires en Italie du nord, le long des côtes de la mer Adriatique et en Méditerranée orientale (l'Istrie, la Dalmatie, l'Albanie, les îles ioniennes, la Crète, Chypres, etc.).

2. Le pape Innocent III appela à une nouvelle croisade en 1198. D'abord réticents, les royaumes occidentaux acceptèrent et un mandataire fut envoyé à Venise pour négocier un contrat de transport jusqu'en Égypte. En échange du report de la dette, le doge de Venise exigea d'abord des croisés de prendre Zara une fille chrétienne. Les croisés acceptèrent et furent excommuniés par le pape. L'empire byzantin connaissait des troubles dynastiques. Les croisés et les Vénitiens acceptèrent le marché d'aider à détrôner l'empereur Alexis III. En 1203, les croisés s'emparent de la ville et la pillent pour rembourser leurs dettes aux Vénitiens.

3. Les croisés se partagent l'empire byzantin, du moins les territoires qu'ils contrôlent. Ils créent un empire latin d'Orient qui subsista jusqu'en 1224.

4. La république de Venise a construit son indépendance politique et sa puissance économique grâce au commerce maritime. Après avoir aidé militairement l'Empire byzantin contre les invasions arabes et normandes et contre les pirates dalmates qui nuisaient au commerce, les Vénitiens obtinrent de l'Empire byzantin de plus en plus d'autonomie et de privilèges commerciaux.

5. Entrepôt pour marchandises.

Exercice 10

1. Le titulaire de la souveraineté est divin.

2. Période durant laquelle s'est produite la reconquête par les royaumes chrétiens des territoires ibériques occupés par les musulmans.

3. Un comptoir est un territoire ou un établissement commercial ouvert par un pays dans un autre pays.

4. Al Khaqarizmi : algèbre ; Al Zahrawi : chirurgie ; Al Biruni : astrologie ; etc.

Exercice 11 - Étude de cas

1. La Russie, la Norvège, le Danemark, l'Islande, le Canada et les États-Unis.

2. Réchauffement, changement des zones de végétation et des espèces animales, intempéries importantes, facilité d'accès aux richesses naturelles, dégel du sol, répercussions économiques et culturelles sur les communautés indigènes, faune et flore, etc.

3. Hydrocarbures en Alaska, en Sibérie et en Norvège.

4. Zone économique exclusive.

5. À cause des conditions naturelles, contraintes de sécurité des personnels, contraintes de protection de l'environnement.

Exercice 12

Questions de cours

1. Comme toutes les zones d'embouchures, l'estuaire de la Loire est un espace « naturel » fragile constitué de marais aménagés pour l'activité agricole, de zones humides où la faune peut se reproduire et se développer, ainsi que d'une plaine alluviale.

2. Dans l'estuaire de la Loire, un port a été aménagé à Saint-Nazaire. Des quais, des bassins, des entrepôts, des zones de stockage ont également été aménagés. Des ponts et des routes ont été construits afin de favoriser le contact avec l'arrière-pays. Enfin, l'espace urbain se développe de plus en plus en direction de l'estuaire. Nous pouvons donc dire que l'estuaire de la Loire est aujourd'hui un espace fortement anthropisé.

3. Tous ces aménagements correspondent au développement de l'activité portuaire ainsi qu'au développement industriel, notamment pétrochimique, de la région.

4. L'estuaire de la Loire est donc confronté à un risque important de pollution industrielle qui menace les populations locales en cas de catastrophe mais aussi la faune et la flore. Enfin, l'étalement urbain de l'agglomération nantaise menace également l'équilibre du milieu naturel.

5. Comme nous pouvons le constater sur le document, les populations locales peuvent régir en organisant des manifestations, exprimant ainsi leur opposition au développement industriel de l'estuaire de la Loire et leur attachement à la préservation du milieu « naturel ».

La Loire : un milieu à aménager

1. Vivre au bord de la Loire peut être risqué car en 1980, une crue exceptionnelle a fait 8 morts et de très nombreux dégâts matériels.

2. Les populations locales s'organisent pour sensibiliser la population et les pouvoirs publics afin de préserver ce milieu fragile. Ainsi, à la fin des années 1980 l'association « SOS Loire » a été créée pour œuvrer dans ce sens. Différentes régions comme les Pays de la Loire, Le centre ou le Limousin, participent financièrement à la préservation de ce milieu ainsi que l'État français et l'Union Européenne à travers des subventions versées par le FEDER.

3. Le « plan Loire grandeur nature » adopté en 1994 implique l'abandon des aménagements lourds et polluants en mettant l'accent sur la préservation du milieu naturel et la valorisation du patrimoine.

Synthèse

La Loire est un fleuve qui prend sa source en Ardèche, s'écoule sur 1 000 kilomètres et se jette dans l'océan Atlantique. Il s'agit d'un fleuve fortement anthropisé qu'il convient de préserver dans une logique de développement durable.

La Loire est un espace fragile notamment dans son estuaire où coexistent des zones humides caractérisées par une grande biodiversité, des activités industrialo-portuaires ainsi qu'une métropole en forte expansion : Nantes. D'importants aménagements ont été réalisés au fil des ans pour développer l'activité portuaire de Saint-Nazaire située en aval de Nantes. Le développement de l'urbanisation menace également l'équilibre du milieu naturel. Par ailleurs, vivre au bord de la Loire peut être risqué car le fleuve connaît des crues importantes et régulières qui peuvent, comme ce fut le cas en 1980, entraîner la mort de riverains et causer d'importants dégâts matériels.

Depuis une vingtaine d'années, différents acteurs s'engagent en faveur d'une protection de la vallée de la Loire et prônent une gestion durable de ce milieu original. Les populations locales se mobilisent régulièrement pour lutter contre de nouveaux aménagements qui peuvent modifier l'écosystème.

Par ailleurs, les pouvoirs publics que ce soit à l'échelle régionale, nationale ou européenne, se mobilisent également dans ce sens. En 1994, le « plan Loire Grandeur nature » est adopté, visant à inscrire la gestion du fleuve dans une logique de développement durable. Les projets d'aménagements risqués pour le milieu sont suspendus et des moyens financiers importants sont mis en œuvre pour encourager la préservation du milieu. Enfin, afin de lutter contre le risque de crue, des barrages ont été construits très en amont du fleuve.

Ainsi, bien que la Loire soit un fleuve soumis à d'importantes pressions anthropiques, des engagements ont désormais été pris en faveur d'une gestion durable de son milieu.

Exercice 13

1. On remarque sur la carte des références géographiques, de navigation, des navires y sont dessinés, des ports, etc.

2. À la fin du XVIe siècle, sur les cartes géographiques apparaît le continent américain.

3. À la fin du XVe siècle, le monde connu par les Européens ne correspond pas à l'ensemble de la planète. Seuls trois continents existent : l'Europe, l'Asie et l'Afrique. À cette époque, l'ouvrage de référence reste *La Géographie* de Ptolémée qui date du IIe siècle de notre ère.

4. Carte maritime de la fin du Moyen Âge sur laquelle figurent les tracés des côtes, les ports, ainsi que des indications utiles à la navigation. Cette carte est un portulan.

5. Désigne la navigation en bateau autour de la Terre.

Exercice 14

1. Il s'agit de deux documents présentant deux visions différentes sur les Amérindiens. Le premier estime que les Indiens doivent être soumis à l'autorité alors que le second reconnaît leur civilisation.

2. La question était de savoir si les Espagnols pouvaient coloniser le Nouveau Monde et dominer les indigènes, les Amérindiens, par droit de conquête avec la justification morale pouvant permettre de mettre fin à des civilisations. Le débat est organisé par Charles Quint entre Juan Ginés de Sepulveda et Bartolomé de las Casas.

3. La nature des Indiens demande à ce qu'ils soient placés sous l'autorité des princes et des États civilisés dont la morale est plus haute. Les Indiens sont considérés comme des barbares impurs, sans religion.

4. Bartolomé de las Casas répond qu'au contraire les Indiens ont une civilisation, des cités, des lois et une organisation politique et qu'ils doivent être traités comme des hommes libres.

Exercice 15 – Point de passage

1. Le commerce triangulaire est l'une des formes de la traite des noirs. Il est lié à l'exploitation du sol américain par les pays européens. En voulant sauver les Indiens, Bartolomé de las Casas a proposé d'utiliser les Africains à la place. C'est ainsi qu'il va enclencher cette forme d'esclavagisme avec les populations d'Afrique.

2. Sucre, tomate, pomme de terre, cacao, maïs, etc.

3. Le travail dans les plantations est insupportable car sans arrêt.

4. C'est Cabral qui découvre en 1500 le Brésil et qui en prend possession pour le compte du royaume du Portugal.

Exercice 16

1. La prospérité de Séville est due au commerce avec les Amériques.

2. Sa population a triplé au XVIe siècle et la ville devient « Port et porte des Indes ». Elle est au cœur du commerce avec le Nouveau monde. Toute la vie de la cité s'organise autour de son port fluvial (Guadalquivir) où arrivent les navires pleins d'or et d'argent.

3. Cadix et Lisbonne.

4. Or et argent.

Exercice 17

Questions de cours

1. Les humanistes basent leur réflexion sur les auteurs de l'Antiquité tels Platon et Cicéron.

2. Les humanistes reprochent à la pensée médiévale de ne pas assez se baser sur les auteurs antiques et de n'être pas assez centrée sur l'Homme.

3. Les humanistes reprochent à l'Église de ne pas placer l'Homme au cœur de sa vision du monde, d'être trop dogmatique. Toutefois, les humanistes sont chrétiens.

4. La République des Lettres est un réseau d'humanistes en Europe qui, voyageant, se rencontrent ou entretiennent entre eux une correspondance.

Je décris une éducation humaniste selon Rabelais.

1. Ce texte est écrit en 1532 par Rabelais, auteur humaniste français. Il est extrait de son ouvrage intitulé *Pantagruel*.

2. L'éducation proposée se base sur l'étude des langues anciennes notamment le latin, le grec et l'hébreu. Mais elle doit être aussi fondée sur les mathématiques, l'astronomie, la médecine et l'observation du monde environnant.

3. L'astrologie doit être négligée. Elle n'est pas une science. Elle prétend lire l'avenir.

4. Il s'agit d'une éducation humaniste car elle est fondée sur la connaissance de textes anciens, d'auteurs de l'Antiquité. De plus, elle vise l'épanouissement de la personne au-delà de l'accumulation de connaissances.

Exercice 18

1. Le procédé de l'imprimerie fut mis au point par Gutenberg.

2. Le premier livre imprimé fut la Bible vers 1450.

3. L'imprimerie a rendu le livre plus accessible car, en se diffusant à plusieurs milliers d'exemplaires, son prix baisse.

4. L'imprimerie a permis une large diffusion des idées humanistes en Europe.

Exercice 19

Questions de cours

1. Les principaux reproches adressés à la religion catholique s'adressent au clergé peu présent, intéressé par l'enrichissement personnel et mal formé.

2. Martin Luther fonda la religion Réformée.

3. Dans la religion Réformée protestante, les pasteurs peuvent se marier ; il n'y a que deux sacrements (mariage, communion) et le culte des Saints est interdit.

4. L'Église catholique réagit en réunissant un Concile à Trente. Celui-ci réaffirme les principaux dogmes de la foi catholique et prend des mesures afin d'améliorer la formation des prêtres. Par ailleurs, l'ordre des Jésuites est créé afin de répondre aux besoins spirituels des fidèles. C'est le Concile de la Contre-Réforme.

Luther proteste contre le scandale des Indulgences et s'oppose au Pape.

1. Les Indulgences correspondent au pardon des péchés d'un fidèle contre une certaine somme d'argent.

2. Luther s'en prend directement au Pape Léon X.

3. Luther pense qu'on peut accéder au salut par la lecture des Saintes écritures, c'est-à-dire la Bible.

4. Après la publication de ces deux textes, Luther est excommunié. Il fonde ensuite la religion Réformée Protestante.

Exercice 20 - Point de passage

1. Sculpture, peinture, architecture, poésie, urbanisme.

2. L'idéal masculin.

3. Inspiration des modèles antiques, tel le David-Apollon.

4. L'Ancien et le Nouveau Testament.

5. Les doigts des deux personnages qui se rejoignent.

Exercice 21

1. Le corps et l'intelligence de l'homme.

2. La République des lettres réunit les lettrés européens, Érasme en fut l'un des principaux animateurs et considéré comme l'une des figures majeures de la culture européenne et le Prince de la Renaissance.

3. Les relations entre les deux hommes sont riches mais tumultueuses. Le théologien et l'humaniste ont des positions très proches lorsqu'ils traduisent la Bible. En revanche, ils ont des points de vue assez différents sur ce qui peut sauver l'individu du péché et lui ouvrir le chemin du salut. Pour Érasme, les œuvres bonnes y pourvoient. Pour Luther, le salut ne vient que de la grâce de Dieu. Ce débat atteint son apogée lors de la célèbre controverse sur le libre article (1524-1526).

4. En octobre 1517, Martin Luther publie ses 95 thèses dénonçant le trafic des indulgences par l'Église de Rome. C'est là l'origine de la Réforme protestante et des futures guerres de religion. Alors que chacun fourbit ses armes et déclare ses arguments, Érasme se tait. Pacifiste par tradition humaniste et par conviction personnelle, Érasme tente d'éviter la rupture et de concilier les deux parties.

Exercice 22

1. Le nombre de naissances par femme qui permet à un pays de maintenir une population au nombre stable.

2. Origine, genre, religion, handicap, sexe.

3. Paris, Lyon, Marseille, Toulouse et Bordeaux, Lille et Nice

4. La Chine (1.4 milliard) et l'Inde qui la suit de très près et devrait la dépasser dans les années à venir.

5. Le Nigéria.

Exercice 23 - Étude de cas

1. Depuis 1990, les inégalités sont en hausse dans presque tous les principaux pays du monde. En Russie, elles ont nettement progressé entre 1990 et 1995 pour ensuite se stabiliser à partir des années 2000.

2. Entre 25 et 43 millions de Russes vivent sous le seuil de pauvreté, dépendent des critères choisis, européens ou russes. En Russie, sont considérées comme pauvres les personnes dont les salaires mensuels sont inférieurs au minimum vital, soit environ 140 euros.

3. En 2018, 10 % des personnes les plus riches détenaient 82 % des richesses, un record parmi les pays développés.

4. Entre 2006 et 2019, la population russe a augmenté de plus de 3.7 millions et compte 146,78 millions d'habitants au 1er janvier 2019.

5. La démographie russe stagne voire perd de la population, le taux de mortalité étant supérieur à celui de la natalité.

Exercice 24

1. Louis XIV est un monarque absolu. Il concentre entre ses mains les pouvoirs exécutif, législatif et judiciaire.

2. Le roi tient son pouvoir de Dieu.

3. Louis XIV a installé sa cour à Versailles pour fuir Paris mais aussi pour regrouper autour de lui les principaux nobles du royaume afin de mieux les contrôler.

4. La principale mission des intendants est de représenter le roi dans les Provinces.

Exercice 25 - Point de passage

1. Il s'agit d'une ordonnance (texte législatif) signée par le roi François 1er en 1539. Cette ordonnance est le plus ancien texte législatif encore en vigueur en France.

2. L'unité du royaume est renforcée par la décision royale d'imposer la langue française dans les arrêts afin que l'on soit certain qu'il n'y ait plus de malentendus liés à une incompréhension du latin.

3. L'article 51 impose que des registres de baptêmes soient tenus par les curés de paroisse pour y consigner toutes les naissances avec toutes les informations nécessaires sur le nouveau-né.

Exercice 26

1. Il s'agit d'un mémoire, c'est-à-dire un récapitulatif d'informations adressé au roi Louis XIV par Colbert, intendant des Finances depuis 1661. Il est daté du 3 août 1664, le roi règne vraiment depuis 1651.

2. Mercantilisme ou colbertisme. Il s'agit d'une doctrine économico-politique mise en place au XVIIe siècle, fondant la richesse des États sur l'accumulation des réserves en or et argent. Colbert en est le maître d'œuvre.

3. Pour développer les productions de sucre, café, coton dans les colonies, une traite atlantique ou négrière s'est mise en place pour faire venir de la « main-d'œuvre » gratuite d'Afrique aux Amériques. Colbert a supervisé la rédaction du « Code noir », texte juridique qui entendait clarifier le droit français en matière d'esclavage outre-mer.

Exercice 27

1. Cette fois-ci, il s'agit de mémoires, c'est-à-dire une compilation de souvenirs. *Les Mémoires* de Saint-Simon sont une œuvre posthume de 3 000 pages. Elles sont considérées comme un monument de la littérature française. Saint-Simon, duc, pair de France, courtisan et surtout mémorialiste, est un témoin essentiel de la fin du règne de Louis XIV et de la Régence.

2. Pour plaire au roi, les nobles transformés en courtisans doivent bien se vêtir, avoir bel équipage, jouer et dépenser de l'argent.

3. Le roi pousse les courtisans à dépenser leur argent pour qu'ils soient réduits à demander des pensions au roi et être ainsi dépendants de lui.

Exercice 28

1. Religion Prétendue Réformée. Huguenot.

2. Une cohabitation pacifique entre catholiques et protestants.

3. Exil de nombreux protestants malgré une interdiction. Leur départ affaiblit économiquement et intellectuellement la France et au contraire enrichit les pays d'accueil.

Exercice 29

Questions de cours

1. Les deux révolutions qui ont limité les pouvoirs du roi anglais sont la Grande Rébellion (1640-1649) et la Glorieuse Révolution (1688-1689).

2. Une monarchie limitée est un régime politique dans lequel les pouvoirs du roi sont limités par ceux du parlement.

3. Les colons se rebellent contre l'Angleterre car ils ne sont pas représentés au parlement anglais, l'Angleterre exige un monopole commercial ainsi qu'une imposition excessive.

4. La déclaration d'indépendance américaine fut rédigée en 1776.

5. L'indépendance américaine date de 1783 après la signature du traité de Versailles.

Analyser la déclaration d'indépendance américaine

1. Ce texte est rédigé alors que des délégués des colons américains sont réunis à Philadelphie pour affirmer leur domination à la couronne britannique.

2. Les délégués reprochent au roi d'Angleterre de s'être comporté en « tyrannie absolue ».

3. Les délégués revendiquent les droits liés à la vie, à la liberté et à la recherche du bonheur pour légitimer leurs actions.

4. Les auteurs de ce texte, dans leur combat contre le despotisme, s'inspirent de la philosophie des Lumières.

Exercice 30 - Point de passage

1. Document historique important signé par le roi Jean d'Angleterre en 1215 et un groupe de barons rebelles pour faire la paix entre les deux parties.

2. Régime instauré après l'exécution de Charles Ier entre 1649 et 1660. L'Angleterre, le pays de Galles puis l'Irlande et l'Écosse ont été gouvernés comme une quasi-république par Cromwell sous la période connue sous le nom de Protectorate.

3. En Angleterre, toute personne arrêtée a le droit de savoir pourquoi et d'être présentée dans les trois jours à un juge. En France, Louis XIV envoie qui il veut en prison avec une simple lettre de cachet, sans devoir rien justifier.

4. Ce fut une révolution pacifique.

5. Mise en place d'une nouvelle dynastie, les Hanovre, en Angleterre.

Exercice 31 – Étude de cas

1. L'année 2016 avait vu une diminution du tourisme aux États-Unis. En 2017, une reprise apparaît et le nombre de visites touristiques à New York bat des records. Un nombre croissant de vols low cost dessert la ville. L'offre hôtelière continue de se développer. La ville propose plus d'attractions mises en lumière par de vastes campagnes de promotion.

2. En 2017, 77 millions de touristes internationaux ont visité les États-Unis et les recettes sont en hausse de 2 % par rapport à 2016 avec un montant de 251.4 milliards de dollars dépensés.

3. Le tourisme aux États-Unis peut être balnéaire, thermal, urbain, culturel ou montagnard.

4. Parmi les 50 premières attractions les plus visitées au monde, 26 sont situées aux États-Unis : New York, San Francisco, les parcs d'attraction, les parcs naturels, les célèbres stations de ski et balnéaires.

5. La route 66 est une route mythique, la plus connue des routes américaines. Elle est devenue depuis les années 90 un lieu touristique. Elle a fait l'objet de films et est inscrite dans le patrimoine historique américain.
Le Grand canyon fait aussi partie du patrimoine géographique et historique américain. Il apparaît également dans la filmographie hollywoodienne et est un espace reconnu par l'Unesco.

Exercice 32

1. A développé et défendu la théorie de l'héliocentrisme, selon laquelle la Terre tourne autour du Soleil, contre l'opinion admise par tous et particulièrement par l'Église que la Terre est centrale et immobile.

2. Galilée publie *Le Dialogue sur les deux grands systèmes du monde* en 1632, provoquant l'Église.

3. Galilée se montre prudent en défendant les théories de Copernic en s'appuyant sur les Écritures saintes. Cette prudence est nécessaire car certains représentants de l'Église sont hostiles à ces théories.

4. Une enquête est diligentée par l'Église et un procès mené par l'Inquisition déclare officiellement hérétique l'héliocentrisme en 1616, met à l'index les œuvres qui abordent le sujet. L'Église interdit à Galilée d'enseigner cette théorie.

Exercice 33

1. La machine à vapeur est inventée grâce aux travaux de D. Papin par Newcomen.

2. James Wyatt y ajoute un condensateur transformant le mouvement des pistons en mouvement continu.

3. Par le financement et l'implication de l'État en prolongeant le brevet.

4. Dans les mines, les manufactures.

Exercice 34

1. Émilie du Châtelet est une femme de lettres, mathématicienne et physicienne. Elle acquiert une réputation européenne grâce à l'œuvre *Institutions de physique* et à la traduction des *Principia mathematica* de Newton.

2. Par les salons, les académies, les livres, les échanges de courriers, la presse.

3. À part quelques exceptions, les philosophes et scientifiques des Lumières gardent une attitude très réservée vis-à-vis des compétences intellectuelles des femmes. Ainsi Émilie du Châtelet fut élue à l'académie de Bologne mais pas en France. Ses livres furent publiés en oubliant son nom.

Exercice 35

1. La physiocratie née à la fin des années 1750 est une école de pensée qui estime que la seule activité productive est l'agriculture car produisant des richesses renouvelables.

2. Il s'agit de la majorité de la population française et de l'ensemble des personnes qui n'appartiennent ni au clergé ni à la noblesse.

3. On distingue la haute noblesse proche du trône, la petite noblesse peu fortunée et la noblesse de robe (magistrature).

Exercice 36 - Point de passage

1. La révolte arrive après que la province concernée a été touchée par la peste, la sécheresse, l'excès des impôts, etc.

2. La rumeur d'une augmentation des taxes entraîne la révolte.

3. Des factions s'organisèrent avec à leur tête des chefs, ils furent pourchassés et tués. Les habitants d'Avranches furent désarmés et les troupes royales firent subir le même sort aux habitants de Rouen.

4. Le roi fait réprimer la révolte très violemment.

Exercice 37

Femme d'esprit appartenant à la bourgeoisie, Marie-Thérèse Geoffrin accueille de 1749 à 1777 dans son hôtel particulier tout ce que Paris compte de savants, d'hommes de lettres et de personnalités influentes de la noblesse et de la bourgeoisie. Le tableau représente une lecture de la pièce *L'Orphelin de la Chine* de Voltaire, alors en exil.

Exercice 38

1. La traite négrière est très avantageuse pour le commerce avec les colonies françaises. Elle encourage la construction et l'armement des vaisseaux, elle donne du travail aux ouvriers et aux matelots. De nouvelles marchandises arrivent en France (sucre, café, cacao, indigo, coton, etc.).

2. Le commerce triangulaire entraîne une explosion du trafic maritime. En 1785, Nantes est le premier port d'Europe. L'industrie locale s'adapte pour transformer le sucre de canne. La construction navale devient une priorité. La richesse des grands armateurs et négociants entraîne la construction d'hôtels particuliers.

Exercice 39

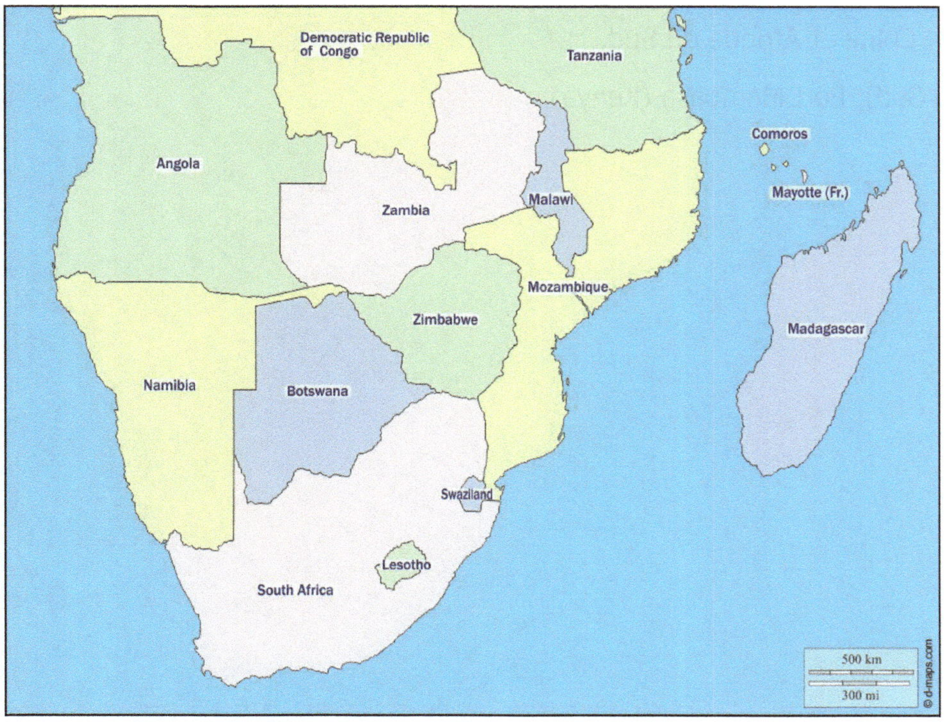

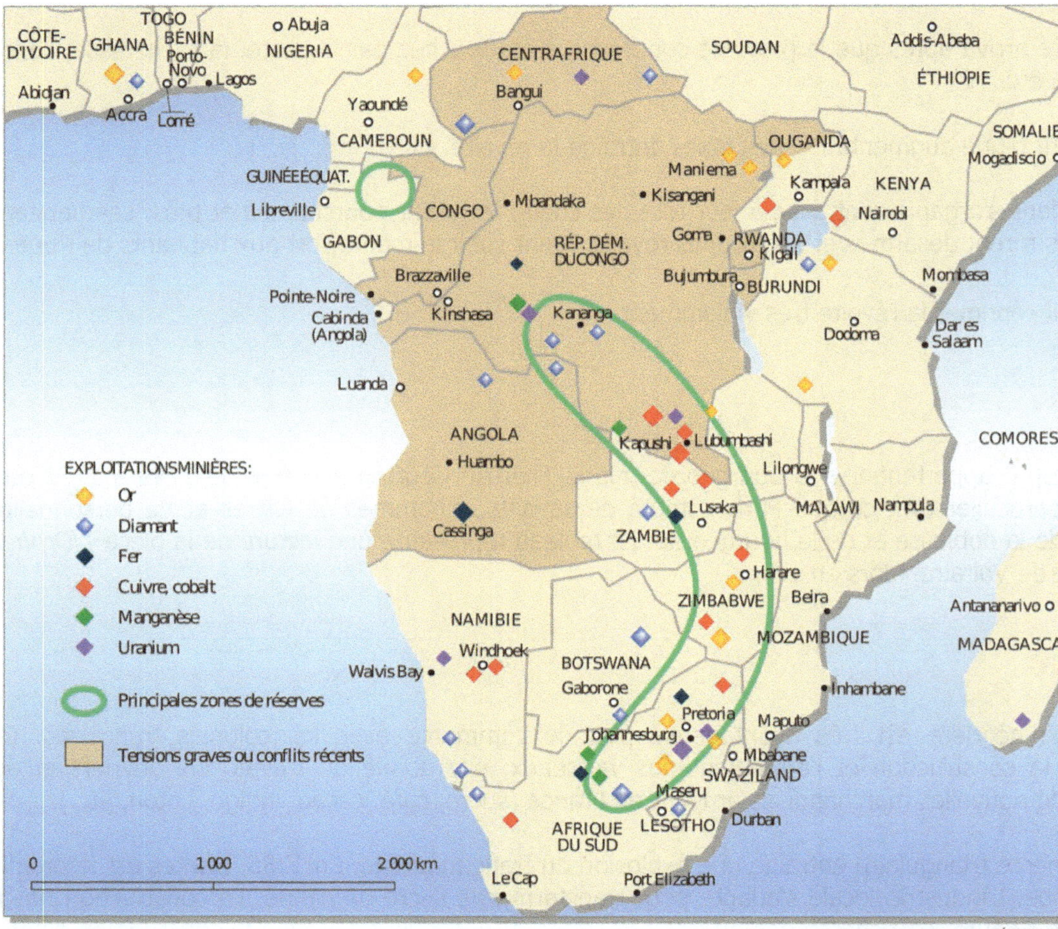

CÉCILE MARIN

2. Afrique australe, pays, et richesses minières.

3. Platine, diamant, cobalt, cuivre, nickel, pétrole, gaz.

4. Brésil, Russie, Inde, Chine et Afrique du Sud.

5. Durban (Afrique du Sud), Port Mombasa (Kenya).

Achevé d’imprimer en juillet 2021
sur les presses de la Source d'Or
63200 Riom
Dépôt légal : juillet 2021
Numéro d’impression : 106707

Imprimé en France